下雪時節

Cold Enough For Snow

潔西卡・奧歐 Jessica Au 著　楊芩雯 譯

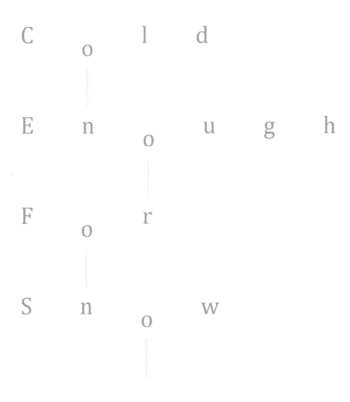

獻給

Oliver

我們步出飯店時下著雨，毛毛細雨，正是十月在東京可能偶遇的狀況。我說我們要去的地方不遠——只需要先到車站，也就是昨天來的同一站，再搭兩程車並沿幾條小街走段路，我們就會抵達美術館。我拿出雨傘打開，拉起外套的拉鍊。現在是清晨，街上滿滿是人，多半從車站出來，不像我們往車站去。從頭到尾，母親緊緊靠在我身旁，彷彿她覺得人群移動是水流，要是被沖散，我們就無法回到彼此身邊，而將繼續漂開愈離愈遠。雨勢輕柔，連綴不斷。落雨在地上形成薄薄水膜，路面不是柏油，而是片片相連的小方磚，如果你有心留意的話。

我們在昨晚抵達。我的班機比我媽的早一小時落地，於是待在機場等她。我累到沒辦法看書，乾脆取了行李，選一種機場特快車買我們的兩張票，也備好瓶裝水和自動櫃員機提的些許現金。我在想該不該買更多——也許是茶或吃的東西，可是我不曉得她飛抵那時是什麼狀況。當她從閘門現身，我立刻認出她來，即使隔著一段距離，不知怎麼可以從她的站姿或走路模樣辨認，無需清楚看見臉孔。走近時，我注意到她依然費心穿搭：帶珍珠釦的棕色襯衫、合身長褲配小件玉飾。總是這樣，她的衣服不昂貴，但悉心挑選剪裁與合身度，巧妙搭配質料。她看起來像約莫二、三十年前電影中打扮體面的女子，既老派又優雅。我也看見她帶來她的大行李箱，跟我童年時代記憶裡的一樣。她把它擺在房間的櫥櫃頂，懸在我們頭上，多半時間擱置不用，只在她回香港那幾趟才搬下來，好比她父親過世那時候，然後是她哥哥。行李箱上少有汙痕，即使是現在，它看起來幾乎如新。

今年稍早，我約她跟我一起來日本旅行。我們不再住同一座城市，成年後從未真正結伴出去過，但我漸漸覺得這很重要，原因還說不上來。剛開始她興致不高，可是我繼續遊說，最後她答應了，不完全是正面說好，而是反對得稍微少一些，或者在我打電話問她時遲疑半晌。光從那些舉動，我就曉得她終於在傳遞願意來的信號。我選了日本，因為我先前去過，即使媽媽沒去過，我覺得造訪亞洲的另一個地方或許她會比較自在。也可能我認為這讓我們在某種程度上立足點相等，同樣都成為外地人。我決定秋天去，因為那一直是我們最愛的季節。庭園和公園在那時節最美麗，年末幾乎什麼都掉光了。我沒預料到秋天依然是颱風季節。先前氣象預報發過幾次警報，而且從我們抵達起持續下著雨。

在車站，我遞給媽媽地鐵卡，隨後我們穿越驗票閘門。到了站內，我尋找要搭的地鐵線和月台，試著比對前一晚在地圖上標好的站名和顏色。最後我終於找到正確的轉搭列車。月台上，地板的標示指引你從那裡排隊上車。我們乖巧站好位置，沒幾分鐘列車來了。門邊有一個單人座空著，我示意她去坐，而我站在一旁看著各站駛過。城市灰濛而堅固，在雨中顯得黯淡卻不全然陌生。我認得一切事物的形體——建築物、高架橋、平交道——可是在細節、在材質上全都略有不同，正是這些細微而顯著的差異接連使我著迷。約莫二十分鐘後，我們轉乘到比較小的線和沒那麼擠的車，這次我可以坐在她身旁，看著建築物的高度愈降愈低，直到我們置身市郊，大樓變成住家，有著白牆與平屋頂，小轎車停在屋前車道。這讓我想起上次來這裡，我是跟羅利同行，路上時而想著我媽。而現在我跟她來這裡，時而想著他，回想我們是如何從早晨到深夜在城市中奔波，什麼都去看。那趟旅程期間，彷彿我們又變回小孩，瘋狂而易感，講個不停、笑個不停，永遠渴求更多。我記得自己想把這些的一部分跟母親分享，即使只有一小部分。正是那次旅行後我開始學日語，宛如在潛意識裡計畫這次出遊。

這次我們的出口位於林蔭鄰里中一條安靜街道。許多房屋緊鄰路邊興建，人們卻往僅有的狹窄空間擺放小花盆，種植牡丹花或綠木盆栽。我成長期間我們也有一株盆栽，種在有迷你腳柱的白色方盆裡。我不覺得媽媽會買盆栽，所以它必定是我們長久保有並照料的一件禮物。基於某種原因，我記得小時候不喜歡它。可能因為我覺得它看起來違背自然，或者孤單，這棵極其細緻的小樹幾乎像幅畫，看似應置身森林卻獨自長大。

走著走著，我們路過有透明玻璃磚牆的建物，另一棟牆面是蘑菇的顏色。前面有個女生掃起街上的些許落葉放進袋子。我們聊了一會兒媽媽的新房子，我還沒去看過。她最近搬離我們童年的家，住進外圍郊區的小平房，新家更靠近我姊姊住的地方，也離她的孫子孫女比較近。我問她喜不喜歡那裡，有沒有理想的店讓她買喜愛的食物，朋友住得近不近。她說早上鳥叫非常大聲，起初她覺得是小孩在尖叫，還走出去試圖聽清楚一些，確定沒事。

接著她意識到那是鳥叫聲，可是往樹林間尋覓，沒看見鳥的身影。屋外有大片空地，幾條高速公路。你可以走啊走的不遇見任何人，儘管四周有那麼多房子。

我發現公園出現在前方，查了查手機地圖。我對媽媽說，我們應該穿過公園，這樣走到美術館的路程沒比較遠。在路途中的某個地方雨停了，我們收起傘。公園空間寬廣，有陰暗樹蔭和蜿蜒小徑。這跟我童年想像的公園一樣，林木茂密又昏暗潮溼，在世界中自成一個世界。我們經過空蕩的遊樂場，金屬溜滑梯有著金屬材質的藍邊，表面仍浮掛碩大雨滴。一條條小水流曲折穿越林間，交錯、分流後又再交錯。平坦石頭阻斷水流，宛如小峽谷或小山，處處可見你常在東方明信片或旅行照片看到的那種小窄橋。

出門前我買了新相機，是一台Nikon。雖說是數位機型，配備三枚小旋鈕和玻璃觀景窗，以及你能用手指調整光圈的廣角鏡頭。它讓我想起大伯的相機，往日用來拍攝他們年輕時在香港的家庭照。媽媽依然保有其中一些相片，我兒時常常翻看，聽著影中人的故事，著迷於畫面偶爾捕捉的多彩光斑，像水面的一滴油，在相片表面燃亮明晃晃的洞。對我來說，相片似乎蘊藏一種舊世界的優雅，母親和大伯擺出近似傳統夫妻的姿勢，她端坐而他站在她肩膀正後方，梳整特定的髮型，身穿印花洋裝或熨過的白襯衫，身後是香港看來悶熱潮溼的街道和天空。過了一段時間，我完全遺忘了這些照片，直到多年後姊姊與我清空母親公寓時才又一次發現它們，放在裝滿黃信封和小相本的鞋盒裡。

此刻我拿出相機，調整曝光值，再把眼睛移回觀景窗。媽媽察覺我倆之間的距離改變，轉頭看我在做什麼。她立刻擺出慣有的姿勢：腳併攏，背挺直，雙手交握。這樣可以嗎，她問我，還是我該站過去那邊，靠近那棵樹？實際上，我想捕捉不一樣的畫面，想看到她平常時候的臉，她獨自沉思的片刻，但我回答看起來不錯，依然拍下照片。她問要不要幫我拍一張，不過我回絕說我們最好繼續往前。

旅行的前幾週，我花費許多時間搜尋各種地點——神社、公園、藝廊、戰後僅存的老房子——不斷揣摩她可能想看什麼。我在筆記型電腦儲存一大個檔案，記載地址、介紹和開放時間，添加刪去一堆資訊，煩惱正確的平衡點，希望盡可能善用我們在這裡的時間。這間美術館由朋友推薦，位於知名雕塑家所建的戰前大宅一角。我在網路上瀏覽屋子的許多資料，很期待能親眼見到。我又查了手機，說要是從這裡轉彎，我們很快會抵達美術館坐落的街道。我們邊走，我邊向媽媽稍稍說明可以期待什麼，同時小心翼翼別透露太多細節，留點可供探究發現的事物。

沿途中，我們經過一間學校的鐵柵門，恰好是孩童的晨間下課時間。他們頭戴可能代表年齡或年級的各色小帽子，喧鬧自在玩耍。校園地面乾淨，遊樂設施色彩鮮豔，幾位老師站在周圍，沉靜看著他們。我連帶想起、也猜想媽媽是否想起她讓我們就讀的天主教學校，不全著眼於教學品質，而是為了格紋毛料裙、藍書皮聖經和諸如此類的體驗，一切她學會在意、她自己也想要的事物。讀了幾年之後，姊姊和我都拿到獎學金，繼續留下來念到高三，最後畢業進大學⋯姊姊讀醫，而我呢，英語文學。

在美術館入口，有座架子供人拴放雨傘，可能要避免你往整棟老屋沿路滴水。我接過媽媽的傘，甩了甩，把我們的兩支傘擺在一起，小鑰匙收進口袋好晚點取傘。進到屋內，走過推門，有一處讓你脫鞋的特定空間，擱著兩張木凳，還有裝滿棕色拖鞋的幾個籃子。我在跟我的靴子拉鋸時，瞥見媽媽彷彿整輩子都住在日本似的輕巧脫下鞋，整齊靠攏排好，鞋頭朝外面向街道，因為那是她稍後將要離去的方向。她在鞋裡穿了白襪，腳底潔淨如新，像剛落下的雪。成長期間，我們也要在自家門檻前脫鞋。我仍然記得有天放學去一位朋友家的震撼感受，我們獲准在庭院光腳亂跑。她媽媽啟動灑水開關，起初地面踩了會痛，後來變得柔軟溼潤，青草竟然在陽光下曬得暖烘烘。

我套上拖鞋，走到售票處付錢。櫃檯的女人收下鈔票，遞回幾枚找零硬幣，還有兩張票和兩本以美麗白紙印製的摺頁手冊。她說明目前有兩檔展覽：來自中國和朝鮮半島的一些作品在樓下，另一位著名藝術家的布料和織品在樓上。我謝過她並收下手冊，回頭興奮轉告母親，同時想著她周到的穿著，以及年少時她總是妥善縫補修改我們的所有衣物。我提議我們分頭看展，這樣就可以在特定作品前盡情逗留，或者相反。可是我說，我們會一直留心彼此，絕不至於離得太遠。我擔心媽媽依然想待在我身邊，考量到她稍早在車站的畏懼，不過這裡的空間和容易理解的界線似乎讓她心情安定下來。她應聲走進一旁的展間，雙手捧著展開的冊子彷彿要讀。

美術館沿著兩層樓分布。館內涼爽安靜，有不平整的木地板和深色粗梁，你仍舊能看出建築物原始的老屋樣貌。階梯低矮狹小，因為人們曾經身材矮小，梯板嘎吱作響且中間凹陷，被數千雙腳磨得光滑發亮。從窗戶透進來一道柔白光線，像是穿過紙幕。我隨意選了一個展間，對摺手冊收進外套口袋。不知道為什麼，我想在毫無認識下接近作品，不怎麼瞭解由來或出處，單純欣賞它們的樣子。各式碗碟花瓶在玻璃櫃中展示，手寫紙卡列出製造年代，以及我看不懂的另外幾個字。就某種層面而言，每件作品皆造型粗獷卻別富生趣。從既細緻又厚實的不規則外形，可以看出件件都是手捏塑型，隨後同樣以手工上釉並描繪，這麼一來，好比你吃飯的碗或喝水的容器如此簡單的物品，也就無異於藝術。我在各展間移動，拍下某個青藍盤子的照片，有著瑪瑙的顏色，上繪白花，也許是蓮花，還有另一只泥褐色的碗，內裡有蛋殼的色澤。有陣子我察覺媽媽跟在身後，在我停步處停步，或在我加速往前走時跟上。但過沒多久，我丟失她的身影。我在一樓最尾端的展間等待片刻看她會不會再出現，隨後往樓上走去。途中我注意到有個展間的屏風後撤，往下看是立著石頭和楓樹的寧靜庭園，楓葉恰正轉紅。

織品懸掛在縱深的展間，好讓你能一次盡收眼底或分別觀賞。有的短小，有些卻大到尾端垂溢過地板，像結凍的水，難以想像是怎麼織就，或者掛在除此以外的任何房間。織品的圖紋既簡潔又雅緻，美麗如民間傳說中的衣裳。端詳疊染的半透明模樣，讓我聯想到抬頭眺望樹冠。布料引我想到四季，在裸露可見的織線中，存有某種現今被遺忘的美好真摯，那是我們只能凝視卻不再熱衷的事物。我著迷於它們的美，也同時為這模糊念頭感到哀傷。我數度走在織品間，並留在展間裡等媽媽。她一直沒出現，我獨自去探尋老屋剩下的空間，到了最後，發現她在外面等我，坐在我放置雨傘立架旁的石凳上。

我問她看過那些織品沒，她說看了一些，但覺得累了，所以在這裡等我。

基於某種原因我想多說點那展間的事，以及我在裡頭的感受，那種詭異的熱切感。不是很神奇嗎，我想要說，曾經有人能夠凝望世界——葉子、樹木、河流、青草——看出事物的圖案，還有更奇妙的，他們能夠找出那些圖案的本質，並織進布料裡？可是我說不出口。我改口談二樓的一個房間，能夠俯瞰庭園並遠眺樹林，用意是供人沉思。你可以推開窗戶，坐在長桌前，看著石頭或樹木或天空。或許這是好事，我說，偶爾停下來反思已經發生的事，或許思索傷痛到頭來竟能使你快樂。

那晚，我們去的餐廳位於鐵軌旁的窄小街道。我帶路沿著運河走，心想傍晚時分這麼做也許不錯。周圍的建築昏暗，樹木幽冥靜謐。植物生長在運河的陡壁，往下蔓生，水面倒映河上世界的搖晃、輕淺印象。沿街走來，餐廳和咖啡館只使用微弱昏暗的照明，比如燈籠。雖然我們位處城市中心，感覺像置身村莊。這是我非常喜歡的一種日本體驗，如同諸多事物，它介於陳腔爛調與真實之間。好美啊，我說，媽媽面露微笑但很難判斷她是否贊同。

餐廳位於一棟兩層樓建築的樓上，階梯極陡且窄，拾階而上幾乎像在攀爬梯子。我們被帶往木吧台的座位，旁邊是俯瞰街道的長窗，從那面窗景，我發現雨又下了。因為媽媽不吃生食，我們小心翼翼點菜。我盡力看菜單，但往往需要她幫忙認我不懂或忘掉的字，我們合力設法尋找適合的餐點。我察覺得出她放寬心，因為終於可以幫上一些忙。

媽媽看向窗外，說又在下雨。我也往外看，像第一次注意到，並回說對啊下雨了。她說即使現在是十月，她不覺得冷，這裡的天氣似乎比較溫和，只需要一件薄外套就足夠。她問明天會不會下雨，我說我不確定，但隨即拿出手機查，告訴她明天看起來天氣晴朗，不過回飯店我要再查查看。她說她上禮拜覺得不舒服，擔心這趟旅行會讓她生病，可是她有好好休息吃飯，現在沒事，甚至沒那麼累。我問她今天怎麼樣，她說非常愉快。接著她伸手進包包拿出一本小書，細細描述是在家附近的店發現，書中根據你的出生日描繪人們的性格特質。她翻到對的月份讀出我那篇。

在你生日這天出生的人呢，她說著，年輕時懷抱理想。為了真正自由自在，他們必須體認自己的夢想難以實現，從此謙卑處世，唯有到那時才會快樂。他們喜愛和平、秩序與美麗事物，但他們有可能完完全全想太多。

她讀自己的個性表徵，然後是我姊姊的，她描述姊姊忠誠且努力工作，卻也容易發怒，還可能記恨非常久。隨後她讀的篇章告訴你誰跟誰個性最合，先讓她的每個孩子兩兩互配，再拿他們每個人跟她自己搭。

我想那有部分屬實有部分則否，然而真正的事實是這種分析容許別人談論你，聊你做過哪些事又為什麼那樣做，以某種套路將你的性格闡述成簡要特質。這使你在他們、或在你自己眼中顯得可解讀，有種揭露了什麼的感覺。可是誰能確定任何人在任意一天將有何作為，更別提靈魂的隱密境地，其中可能存有千百種念頭？我想多談談這些，好更深入捕捉想法，讓我自己的思緒澄明，但我也瞭解她需要、並想要相信這樣的事：我姊姊為人慷慨而且身邊有伴最快樂，我在五月該小心破財。所以我沉默不語。

餐點用兩張托盤送來，靠近中心點有一碗白飯，各色菜餚和配菜小碟擺在兩旁，好讓你在多種不同的風味與口感間抉擇。媽媽對每一碟稍加評論，似乎滿意我們合作點菜的成果。她用筷子夾東西到另一個盤子，拿在指間不讓筷頭交叉，種種姿態在我看來總是那麼優雅。我用錯的方式拿筷子，戳來戳去不時交叉，我每每試圖模仿她的拿法，結果做不來，最終食物往往掉落。

我們吃飯時，我又問她一次，趁我們在這裡有沒有特別想去看的地方，任何特定的庭園或寺院或地標都可以。她憑空揮揮手，回說哪裡都好。她說來之前讀過一本旅遊指南，後來斟酌沒買下，不過封面是數道豔紅門欄的照片。我說那地方在京都，如果她有興趣我們可以去看，因為我們的旅行會在那裡結束。

我先吃完，把筷子越過碗緣架著等待。在窗外，鐵軌黑暗安靜，像條河流把道路一分為二。男男女女騎腳踏車回家，一隻手操控方向另一隻手撐起透明雨傘。偶爾有人停下來在對街的便利商店買東西，櫥窗裡燈光明亮，堆滿我漸漸認得品牌的七彩包裝。我想著這些場景是如何隱約使我感到熟悉，尤其是周圍的餐廳氣味，但這樣很古怪，因為我想像的不是我的童年、而是媽媽的童年，而且發生在另一個國家。縱然如此，這裡有某種亞熱帶的氛圍，傳來蒸汽和茶和雨水的味道，讓我想起她的相片，或我還年少時我們一起看的電視劇。或說像她從前買給我的甜食，無疑也是她母親常買給她的那種。同時感到極其熟悉卻又極其疏離，豈非不可思議。我納悶自己怎能在異地這麼有歸屬感。

媽媽推開碗並表達歉意，說她吃不完。我說沒關係，把她剩下的飯挖進碗裡，儘管我不餓。在我們的碗底，用陶瓷做的碗，有釉藥流聚並燒乾的小圓圈。釉看起來像液體，宛如藍色池塘，可是當你把碗往旁邊斜傾，它動也不動。

我選的飯店位於城市某片鬧區，一側是車站，另一側有知名公園的景觀。當時我考慮的不只方便，還包括舒適，甚至是奢華。可是現在我對自己的選擇感到不確定。飯店尋常無奇，像是那類缺乏雋永感的，擺放著在全世界旅館皆可見的相仿厚重家具。這麼一來，飯店企圖提供的舒適只在於理當毫無事物顯得刺眼或構成威脅。走廊看起來都一樣，我不斷轉錯去房間的方向，心生迷惘。媽媽去沖澡時，我坐在其中一張單人床邊打給姊姊。房間一側有扇大窗，裝設冰冷的寬闊窗台和絲綢厚窗簾，外加一層薄紗內裡，你想看見、或隱約看見微光窗景時可以派上用場。我講電話時把兩層簾子都拉開，眺望摩天大樓頂閃爍的指示燈紅光，以及我想或許是東京鐵塔的高聳建物。

姊姊接聽後我們打過招呼，我問候她的近況。她說她女兒連續三天穿同一件洋裝，只有洗澡才肯脫下來，之後連睡覺也穿。她說媽媽來日本前，有天早上帶她小孩去百貨公司，讓我姊去辦雜事。在店裡，她女兒堅持要買這件洋裝，我們的媽媽半推半就，結果小孩有生以來第一次在大庭廣眾鬧脾氣。驚慌之餘，媽媽心軟付帳。那件洋裝啊，姊姊說它又醜又貴，可是她女兒不曉得看上它什麼，牽引出內心深處的某種感受，只是小孩的年紀還表達不清楚。而且長度也太短，姊姊不得不沿著裙襬多縫一層蕾絲，儘管她曉得女兒很快就會高到不夠穿。此刻，她的兩個小孩都在外面院子玩，每過一天，那件淺黃小麥色的洋裝就會變得更髒。

姊姊兒時也有容易暴怒炸裂的傾向。我提起這一點，她說有啊她記得，雖然在她女兒搞這齣之前很少想到。我記得她有一次把玻璃棒砸爛在我們家磚牆上。棒子裡裝滿亮粉和水，所以你斜斜的拿，內容物就會從一頭滾動到另一頭，奇妙景象次次不同。我們都很寶貝那東西，如今卻都想不起她為什麼摔它，只記得事情發生後姊妹倆受到沉重打擊。我問姊姊能不能想起當時怒氣的根源，她說沒辦法，不太記得了。她說這些年過去，她的憤怒漸漸消退，而現在說也奇怪，她擁有冷靜理智的名聲，尤其是在工作場合，她的能力常受稱讚。不過看著女兒，彷彿回想起她做過的夢中細節，或許在她人生中的某些時刻，有些事情值得尖叫哭喊，有些真相、或甚至是恐懼感，被你身邊的所有人反覆否認，只會讓你怒氣更盛。然而現在姊姊沒辦法運用那種情緒，只剩下相關的回憶，或甚至連那都沒有，徒留更為微渺的某些事物。她說自己僅有能做的是允許女兒連日來穿同一件洋裝，縫上新的裙襬，幫她做點溫熱的晚餐，以不準確的理解看待她，並且在做得不夠的種種嘗試中獲得安慰。

她問旅途都好嗎，聲音聽來疲憊。我知道她同時在為最後一輪醫學測驗苦讀，能通過對她的專業有幫助，盡是些我全然無法想像的知識和技術。我說我不確定，我不太能分辨媽在這裡是因為想來，或也許是為我著想才來。

晚飯時，媽媽曾問起我過得如何。我說羅利和我在想要不要生小孩。媽說我們該生，有小孩是好事。當時我應聲贊同，但我真正想說的是我們時常談論這件事，做晚餐或走去買東西或煮咖啡的時候。我們反覆討論過方方面面，兩人都提出逼真的小細節，或是深思數百種不同的可能，像物理學家從事無窮的猜想。如果我們都累壞加上睡眠不足會有多麼痛苦？我們要怎麼努力賺錢？全心全意照顧另一個人的同時，我們如何實現自我？我們詢問朋友，他們全都坦率真誠。某些人說有可能找到解決方法，尤其在小孩稍稍長大以後。另一些人說我們關係中的所有弱點將袒露無遺。還有人說這是狂喜的經驗，只要你能徹底投入。但說真的，種種周詳的建議毫無意義，因為終究不可能拿人生做比較，基本上我們往往兜一圈回到原點。我納悶媽媽是否問過自己這些問題，她可曾擁有問的餘裕。我從沒特別想要小孩，但現在不知何故覺得有這種可能，像一首詩那般美好又難以描述。有部分的我在想，是不是怎樣都可以，不需要知道，不需要確定。我可以過一天算一天，或許這一直是潛藏的真相，我們掌控不了什麼也掌控不了誰，但說真的那我也不確定。

媽媽說她想買東西給姊姊的小孩，於是隔天我們去一間大型百貨公司，她花了點時間在展示架通道間細細瀏覽。在兒童部門，她在灰襯衫和藍襯衫、大背包和小背包間徘徊逗留。她一一拿到我面前，好像我是面鏡子，順便問我的想法。我說我喜歡藍襯衫和大背包，即使我明知道，事實上不可能預測姊姊的小孩喜歡什麼，因為他們喜愛的事情和物品不斷改變，難以預料，彷彿受到我們一無所知的別種法則所驅策。這星期寶貝萬分非要不可的下星期被拋棄，同樣的，以往備受冷落的也會突然重新受寵。在結帳櫃台，銷售員拿糖果色的棉紙、紙盒和細長緞帶，把禮物包裝得漂漂亮亮。我看得出媽媽很滿意，儘管我懷疑外甥和甥女沒這種耐心一層一層拆，很可能直接整個撕開。

前一晚，我們沿著隨鐵軌彎曲的小路走回車站。人行道黑漆漆，夜色濃重，像森林裡的低矮灌木層，不過路上有幾間店還開著，彷彿山谷裡的小屋傳出光亮，遠遠遙望。腳踏車停在室外，還有一、兩盞紅色紙燈籠掛在木製雨遮下。我跟媽媽說路上有間不錯的書店，我知道開到深夜，想去逛逛。我跟羅利去過那間書店。他父親是一位雕刻家，我起初得知的藝術知識大多來自羅利，儘管相對來說，我依然懂得非常少。初次造訪書店時，我們驚喜發現一大批吸引人的二手藝術書，英日文皆有。

我認出那棟建築，推開門聽見小鈴鐺的聲響。店裡像圖書館般平和安靜，播放某首鋼琴樂曲，稍過片刻，我認出幾個小節。那是我在學生時代，有天傍晚路過大學音樂學院聽見的同一首歌，當時我歷經特別孤獨、略略感到空洞的那種時刻，讓這音樂片段顯得分外動人。展示檯上擺著一枚乳白玻璃球，散發的光芒讓人聯想到蠟柱。我漫步在書架間，瀏覽書名。在後方的繪畫區，我發現一本關於地景的大開本精裝書，有個章節介紹一系列畫作，我記得還在讀書時看過。當時我以為這批畫是素描，用水彩或粉筆以某種手法繪製，因為畫作只呈現山與海、道路懸崖與湖泊的模糊至極印象，導致一切似乎沒有形狀，或形同鬼魅，也許汲取自回憶或夢境。彷彿畫家只用指頭在紙上塗抹開來，或像是畫作完成後隨即浸水，只留下彩與墨的模糊色塊。很久以後我才曉得，這位畫家的其他畫作更出名——描繪舞者，或沐浴的女子。我也得知這些地景不只靠畫工完成，還採取某種使用油彩、印版和紙張的印刷方法，有時在最後疊上一道粉蠟筆，正是這些二度或三度加工讓地景擁有淡忘的質地，像是從疾駛火車窗瞥見並記得的事物。我喊媽媽過來，翻開畫給她看並解釋創作的方法，好讓她不致產生跟我相同的誤會。我找到其他書籍，給她看我欣賞、也覺得她可能喜歡的另外幾件作品，意在捕捉生命、起源、希望或絕望本質的塑像和雕刻。我說明每件作品的背景和意圖，也稍微介紹創作當時的環境。我問她要不要我在店裡買給她什麼，她說不用，她不曉得怎麼選。我告訴她什麼都可以，只要挑最感興趣的，但她連伸手拿書都顯得猶豫，反而好似隨機指著書說這一本，聲調像是問句。最後變成我幫她選，是英國作家寫的薄薄一冊藝術史。櫃檯的女生年紀跟我差不多，結帳時她問了幾個問題，關於我選的書，以及關於我自己。我解釋我們從哪裡來，也說我是跟母親來日本旅行。我們稍微聊了那位畫家，她告訴我她在倫敦讀過書，那段期間曾經去摩洛哥和不丹旅行。她祝我們好運，把書裝進繫紅繩的紙袋給我，我接過來拿給媽媽。

離開百貨公司後，我們搭地鐵到市中心某個商業區，前往五十四層高樓中位於五十三樓的藝廊。那棟建築興建於一片寬闊山丘，內裝呈藍綠色且反光，據說是為了模擬武士盔甲。在樓頂，整個東京的景觀盡收眼底。牆面是鋼與玻璃，我們眼前的城市向外放射：低矮且形狀像月亮，在某種紫調光線照耀下，顯現白堊色澤。一踏進藝廊，我們循線排進短短的隊伍，並依照指示脫掉鞋子等待。每隔約莫二十分鐘，接待十至十二人的團體進入看似黑暗靜默的展間。解說員走過來，拿展間的平面圖給我們看，說明裡面會是全暗，不過我們可以雙手按著牆感知方向。接著，我們會來到幾張長椅前，可以坐下來。輪到我們時，我們依照她說明的去做。我完全看不見，前方空無一物，連輪廓都沒有。不知道為什麼，展間裡的周身漆黑也使我們盡皆沉默，心懷期待又有些難以消受。我想到姊姊，可能正在她負責的病房工作。我身旁有兩位法國遊客爆出笑聲，再也忍耐不住。隨後遠方出現一小團橘光，微弱得像拂曉，而且正如拂曉，我們必須長久等待才能完全看見。最終光團變得更大、更明亮，卻漸漸難以辨識一切的變化。但同樣的，因為那是展間裡唯一可見的事物，我們忍不住熱切聚焦凝視光團。許久以後，我們可以站起來並靠近光。我慢慢往前走。我的眼睛仍然在適應，此刻展間似乎是深沉、無法穿透的藍，宛如傍晚的藍，突然間很難相信眼前看見的景象。地面似乎跟我的臉等高。走近時，我看見光並非如我所想從螢幕投射，而是來自與牆壁密切嵌合的方形空洞，那是另一件我遺漏的事物。

在藝廊的咖啡館，我們找了張窗邊的兩人桌，我點兩塊以展覽為發想靈感的「印象蛋糕」，還有兩杯綠茶。我們吃著，我問媽媽覺得剛剛看的作品怎麼樣，她閃現驚慌神情抬頭看我，好像被人點名回答她不懂的問題。我說沒關係，無論有什麼想法，她都可以放心老實說。我說如果她還有精神，我想一起去看另一間藝廊，距離不遠，只要再搭幾站。實際上，藝廊比我透露的要更遠一些。我看得出來她累了。我只需要告訴她別擔心，我們今天看得夠多，大可以回飯店休息。可是基於某種緣故，我讓問句保持開放，這麼做像是在施加一種堅定卻溫和的壓力。過了一會兒她點頭，我也點頭並收拾盤子。

展覽集結莫內和其他幾位印象派畫家的部分作品。建物狹小且照明不佳，多張畫作裱掛在花俏複雜的框內。不過每幅畫依然自成一片天地，描繪城市和港口，早晨與夜晚，樹木小徑庭園跟千變萬化的光。每幅畫並不企圖如實呈現，而是提出世界的某種可能版本，像是暗示與夢想，往往比現實美好並因此散發無窮魅力。我和媽媽站在展覽的一幅重點畫作前，我說出上述那段話，以為自己明白。

稍早她問起我在讀的書，我解釋內容是一齣希臘神話的現代詮釋。我說長久以來，我深深喜愛這些故事，部分原因是神話有種永恆的隱喻性質，你可以用來闡述人生中幾乎任何事：愛情、死亡、美、悲傷、命運、戰爭、暴力、家庭、誓約、葬禮。我說這就很像畫家曾經利用暗箱：藉由不直接凝視想要關注的物品，有時他們反倒能比親眼見證看得更清晰。我說讀大學時，我有一年在鑽研這些文本。最初入學修的一堂課，我們把桌子往後推，椅子約略排成半圓，聽授課老師談論特洛伊戰爭。我說跟我們念的教會學校，也就是她拚命讓我們入學那間，你連襯衫少釦一個釦子或髮長短過下巴都不行，跟那裡的嚴格程度比起來，這舉動本身就像革命。那學期剩下的課堂，講師繼續談希臘人，他們最偉大的戲劇之中，有些實際上論及自身的蓄奴社會罪孽，社會上的女人也被迫噤聲，最重要的則是講述他們對特洛伊犯下的罪行。這就是他們的悔意，他們正視原本可能消散於歷史的事件，成就某些最長久與最悲劇的藝術。她說在當時，與今日幾無二致，文學和統治多半依循神聖的款待原則。首先，特洛伊人帶走海倫並違背這項原則，換來希臘人以致命的木馬贈禮報復，以及故事間穿插發生的其餘種種踩線。她說這些感受至今我們依然鮮活擁有。隨後她提到自己兒時，她母親不知何故默默記下一切贈與和收禮，不只是朋友之間，還包括每位家庭成員。她記得無論造訪誰家，母親都帶去適切的禮物，青少年的她常覺得這套禮俗令人尷尬，加上她母親往往大肆評論收到的任何回禮，好似將公平正義擺上一把隱形的秤那般衡量。在她童年時期，家人住一間大房子，有許多客人和親戚逗留，然而沒有一件事逃過母親的記錄，也沒人對這說過什麼。長大以後，她必須非常努力抹除在自己心中上演的類似計算。

那年，我渴望吸收這門課老師講的一切，探究她課堂中提到的每本書和每齣劇。我著迷於主角講述的大段隱喻獨白，以任何真實演說皆無法企及的方式精準表達憤怒與悲傷。我也在震驚之餘，得知有幾位同學早已讀過這些文本，熟悉它們的理論和解析。對他們而言，授課老師並不具啟發性，反倒只是在重述十分陳舊的概念。不僅如此，他們似乎也曉得其他許多事：電影書籍戲劇和演員，言談中隨意拋出那些人的名字且意有所指。課堂上有個女孩講到跟《安蒂岡妮》*相關的一部特定電影，她提起時順暢而自然，目光掃遍教室像是在確認還有誰認識那名號。當她的目光迎向我，我立刻別開低

* 安蒂岡妮（Antigone）是古希臘悲劇經典劇作，作者為索福克里斯。（本書注釋皆為中文版編注或譯注）。

眉。他們怎會曉得所有這些人和所有這些作品？開學才幾星期，他們怎麼有辦法讀過並看過這麼多？那女孩不用費力嘗試就曉得這麼多，而且她似乎擁有某種我欠缺的全面與絕決。

授課老師將知識比做一種靈藥，我對媽媽說我也這麼相信。在教會學校，姊姊和我都非常努力念書。如果有任何事我不明白，我就把所有東西一讀再讀，直到再沒有與它相關的事構成謎團。這麼一來，我就像馬拉松競賽中的跑者，渾身唯有意志力與恆心。念書時，我反覆這麼做並且奏效。在那裡，我知曉一切，也高分考過所有測驗。大學那堂課期間，我試著如法炮製。我讀所有的劇本，然後是關於劇本的書，以及關於那些書的書。我看電影，閱讀演員和導演和詩人的資料。每一次，感覺都像是我在用光速旅行，彷彿我這輩子活在單一的空間，唯有撕開它的外層結構，才能揭露完全不同的宇宙。每次讀完一個文本，我感覺功課做完了，但同樣的事隨後一再一再發生，撕裂我的想法，掉進浩瀚未知的空間，那裡的空氣奔湧，我的所有感官全被淹沒。感覺就像這種知識果真是靈藥，像某種興奮劑。可是有些事物我未能領略。到了那年將盡，我對這些文本寫下諸多想法，如今跟其他任何人同樣熟知它們。我也在言談中提起它們，我也可以有自信，我的思緒顯得敏捷而完整。但儘管如此，我感到仍有一些什麼其他的、基本的事物，我未能明白。

那年年底，老師說她要在家舉辦派對，招待幾位同事和其他課堂的學生。她說她的小孩會在家，我們也全部受邀。我變得對那位老師著迷，關於她說話的方式、她的知識、她的姿態。她的學術與個人之間似乎沒有界線，常在課堂上對我們傳授那些對我的天主教教育背景而言，既感震驚又深深著迷的事。有天她走進來，表明週末的劇烈暴風雨使她父親的房子淹水。一切都沖走了，她說。他們涉水在殘骸中盡可能的找——書本、祖傳遺物、相簿。她收留形同難民的父親和他的伴侶，向朋友搜羅衣物和寢具。失落在她臉上明顯可見。她無意隱藏悲痛，那必定也是她父親的悲痛，這使我驚訝，不知何故她並未試圖偽裝，不對戲劇場面感到難為情，因為我的家人就會。她反而讓憤怒和傷心灌注悲痛情緒，彷彿那是她方才所殺巨獸的外衣。我太想取悅她，想贏得她的認可。我用功讀書，寫文章時不只企求好成績，還同時將她放在心上一邊嘗試去加入額外的深度與轉折。與此同時，我擔心我的認真過頭，非但無法讓她印象深刻，反倒導致她討厭我，於是我依然保持冷靜自持的表象，我發現那似乎也很適合自己。

我不曉得還有誰會現身授課老師的派對。我硬拖姊姊到街區小店，試著尋找穿搭衣物。到那時我已懂得，你不該穿洋裝去這種場合，或至少不是我曾經在派對穿的那種洋裝。相反的，特別的祕訣在於穿得既隨意又符合直覺，看起來出眾、本質上卻未精心計畫。最後，我選了藍色牛仔褲和亮紅色針織T恤。我把頭髮梳高抓鬆紮起，從途中的店帶一瓶紅酒。

老師住在大學附近一處郊區。房子比我預期中大，有道混凝土高牆圍繞，上頭攀滿常春藤。牆後是開闊漂亮的庭園，有老地磚和三棵橄欖樹。園子中央有張厚重大木桌，擺滿食物和飲料，恰如那年在戲劇裡讀到的餐會與盛宴。一隻狗歡快四處跑，毛色美麗略帶點紅，在好好澆過水的綠草地翻滾。我站了一陣子，看著，置身強烈芳香的某種氣味，並意識到自己站在一小片果樹中，紙燈籠掛在樹上。最後我找到老師，送上紅酒，她親吻我的雙頰。看到桌上的其他瓶酒，我察覺自己帶錯酒，我選的酒非但不適合這種場合，而且可笑、過甜又孩子氣。但老師表現得不在意。我注意到她戴了一對美得異乎尋常的耳環，長而多彩，宛若頭飾框襯她的臉。我忍不住這麼對她說，她微笑並指著我課堂上其他人坐的地方。看見他們讓我安心，我迅速溜進他們的小圈圈，興奮之餘訴說著，這看起來、感覺起來完全就像我們討論過的一部電影場景。在那時候，我希望每一刻都有價值；我漸漸沉迷於不斷撕裂想法，在當下氛圍的結構扯出破口。倘若似乎沒有什麼能夠達成這種效果，我變得不耐煩，覺得無聊。許久以後，我領悟到這有多麼惱人：需要讓每一刻有見地，讀出萬事萬物的意義。然而當時我的每位同學似乎都一樣。交談像某種柔道，一種不斷移動的運動。當我能夠跟他們談論對的那種書和電影，我興起微小的勝利感。當我可以對那些事表達獨特的意見，感覺就像我贏得什麼，打了場小勝仗。我們的談話宛如跳舞，跳到我們精神錯亂。這一切多美啊，我心裡一直想，或許也曾說出口。我似乎無法相信這世界存在，而我不知何故有幸入內。

那晚即將結束，我在庭院溜達並踏進屋內。空酒杯擱在大桌上，染紫的皺紙巾扔到地上。狗在角落休息，頭枕在腳掌上。果園裡，蘋果核散落一地，有些才剛咬過，有些可能放了幾天或幾週。在屋裡，音樂停止播放，但是仍有庭院傳來的輕柔聊天聲。我沿路收酒杯，把剩的酒往地上倒。我在餐廳工作過幾年，曉得怎麼清理一張大桌子。我把餐盤往上疊，餐具和紙巾放在最上面，顛倒酒杯讓杯腳夾於指間。進了廚房，我把剩下的食物倒進垃圾桶，空酒瓶整齊排列。接著我往水槽注滿熱水和皂液，仔細清洗玻璃杯和餐盤。沒多久，水色深且混濁。熱氣使室內聞起來有陳酒味，芬芳而濃厚。我把水槽放乾，重新注入清水並補充皂液，把剩下的東西全洗乾淨。洗完後，我把盤子整齊疊在瀝水盤晾乾。然後我找一條乾淨的茶巾，把玻璃杯擦乾到清澈無垢，再放上流理台整齊排列。我擦拭一切，擰乾布巾，隨後拿包包離開。

隔天，老師寄電子郵件謝謝我幫忙收拾，儘管她說我不需要這麼做。她又說夏天她會離開幾週，問我想不想去照顧房子和狗。我不敢相信自己有多幸運，不僅能夠再次踏進那棟房子，而且這次只有我自己。時候到了，我打包幾件乾淨衣物，從上星期老師給我的黃色信封拿出鑰匙。當我走在同一條街，屋子顯得比之前還大。我開啟柵門並往後推，擾動爬滿內牆的常春藤。狗跳到我身上，我讓牠聞我的手一下，才彎腰摸牠可愛扁平的頭。當我摸到牠耳朵後方柔軟溫暖的部位，牠雙眼半閉，彷彿被催眠。我把包包擱在門邊，走往每個房間，把一切盡收眼底。在日光下，我看得見天花板多麼高，太陽如何穿透某幾扇窗戶並映上牆面，宛如現代美術館裡的空蕩凹室。一只超大水果碗擺在廚房流理台，看似全心等著被李子蘋果或成串葡萄填滿。櫥櫃裡有食譜書，以及我從未見過的潔淨、現代造型的廚房用具，像是義式壓麵機、一組搗砵和杵，或是兩邊各有彎握把的沉重淺鍋。多面牆壁裝設落地書架並放滿書本，有些作者我聽過還來不及讀，但也有好多人從來沒聽說過。希臘文學占一整區，另一區是法國文學，我意識到老師必定通曉這兩種語言，才有辦法閱讀希臘文與法文。我想著只暫住兩週多可惜啊；我可以花好幾個月讀遍全部這些書，或許這樣我會更接近老師、或課堂上那女孩似乎擁有的無論什麼質地。

接下來幾天，我既是訪客也是主人。我沿著河邊小徑溜狗並穿越公園，讓牠任意帶領我，等牠盡情嗅聞探索到滿足為止。我在寬敞的廚房翻閱食譜書，夾書籤在想試做的頁面，拿一張紙仔細寫下食材。接著，隔天某個時間我會去附近的市場，推著我在屋內找到的手推車，看起來像我們住處附近平價折扣店常見手推車的升級版，那種店家批發販售地墊或拖把或彩色水桶。每晚我煮某樣新菜色，謹慎遵照指示，像在做實驗室裡的精密試驗，享受沉重鍋具和攪拌器的重量，以及抽油煙機變魔術般徹底吸走滾水上的蒸汽，聲音安靜到我偶爾以為自己忘記開啟。碗櫃裡有許多不同的碗和各種類別的餐具，但基於某種原因，我總是選用相同那幾個，坐在廚房料理檯尾端的同一張高腳凳，而不去大餐桌或靠近溫室的較小飯桌，彷彿一心想讓我在屋裡的存在盡可能微渺。

有時候，我倒杯紅酒給自己並關暗燈光，或者放一張唱片，調高音量好讓音樂填滿整間屋子。如果天氣溫暖，我打開窗戶，在那些夜晚，長在籬笆旁的紫丁香氣味從庭院飄進來，融入音樂和我的簡單獨身晚餐。

我也一直意識到自己的訪客身分，我小心不窺看衣櫃或開啟看似私人的任何物品。但我放任目光自在遊走於屋子的表面，家中擺滿老師旅行帶回來的物品和畫作。這麼看來，這棟房屋就像是美術館，而當我觀賞方方面面，我感覺這一切都經過悉心挑選，每樣物品以某種方式介紹授課老師，或是她的家庭，關於他們做出的選擇，他們認定的生活目標，儘管我無法確切加以描述。

老師說過歡迎我約人來，所以在暫居期間，我邀姊姊和幾位同學過來。

我煮了食譜書裡試過的幾道菜，通通端去庭院的大木桌。午餐時——或許因為那天風和日麗果園又寧靜，也或許因為我們全都年輕，喝酒談天歡笑著，因為我用一條藍似台夫特陶器的絲巾往後紮起頭髮——我又覺得我們宛如置身電影劇照或某張相片之中，這股感受與另一種滿足、適切感配對湧現。在廚房，我找到幾個藍白相間小碗，跟我們家的很像，碗緣有一圈裝飾紋路，看似透光米粒的圖樣呈花狀排列於側面。我用這些碗盛我做的甜鹹廣東點心，參照媽媽的食譜，我在暫居期間只煮了這道她的菜餚。

那裡的生活豐富溫暖，我一天比一天感覺更自在。最後一晚，我在大浴缸放滿幾乎燙手的熱水，並倒入幾滴琥珀色的油。我躺進浴缸，狗趴在附近地板，等到水涼下來，我就開熱水沖腳直到溫度回升。我泡了快兩小時，直到水位逼近澡缸邊緣，有溢出的風險，才不情願拔掉塞子起身。

其後，我寄給老師一封電子郵件，謝謝她讓我暫住，並說一切都很愉快舒適。我沒寫到的是，事實上，就算愉快，有些事物我依然無法領略，在那棟屋子跟後來的時光中，我甩不太掉這種感覺。回家以後，有段時間我很迷惑。我重拾日常軌跡：我報名暑修的一堂課，讀更多書，寫更多文章，徘徊在空空蕩蕩的校園，只剩一小群學生和老師留下來。餐廳短暫休息後重新開張，我回去做外場服務生，傍晚出門深夜回家，半夜吃一頓白飯配廚房看剩什麼料煮給我們的菜，這才上床睡覺。有時候，我跟姊姊或媽媽去市場，合力煮我們一天到晚煮的菜色。吃飯時，我們不像同學在老師家那樣討論希臘人或語言或電影，而是聊餐點和食物，從食材新不新鮮到花費便不便宜。我沒提起在老師家體驗到的不同事物，我如何百般頹廢獨自坐著，每晚喝杯紅酒回顧那一天。不知道為什麼，感覺像是我由外而內在過日子。我拿起早就是我的物品——衣服、化妝品、書——不時覺得好像不屬於我，反倒屬於某個陌生人。我看著有迷你腳柱的白盆，裡頭種著一株盆栽，沒多久討厭它起來。我看著廚房裡的藍白小碗，我們常用這些碗吃東西。它們跟老師家裡的碗一模一樣，卻也全然相異。我明白問題有部分出在我盯著這些東西不放，注意它們，原先我根本不多看它們一眼，雖然我仍然無法想通原因或目的。然後有天我產生一個念頭，我領悟到老師家非常像一間美術館，或者像某種歷史課：一條平滑順暢的線。我們家呢，相形之下宛如後現代排列，混雜著大批色彩和聲響和物品，長久以來，我必須竭力消音與淡忘，但忍不住隱約感到難為情。我沒辦法用另一種方式描述。在那之後沒發生多大改變，只不過有很長一段時間，我同樣停止讀希臘劇作。到我重拾這些文本已相隔許久，我為了自己依然讀出趣味而隱約失望。

到那時候，我也學到青花瓷的歷史，也就是以某種樣貌在老師和我家出現的碗。我在某個人家裡翻閱一本東亞藝術的書，朋友的朋友，我不太熟，當時我偶然看見兩只藍白花瓶的圖片。其他所有人都在廚房聊天，我卻駐足翻書並俯身靠近那張圖。我立刻認出瓶上的紋理，只是這對花瓶有著明顯差異：造型不知怎地更為細緻，有著圓滑瓶肩和優雅線條，白色更乳白，藍色更輕盈且漸淡，像是用筆刷塗繪。我在書頁讀到這些瓷器數百年前於中國製造，不僅銷售遠及歐洲，也賣到中東，出現在林布蘭·范·萊因的繪畫，或製成抄寫《古蘭經》字句的碑牌。我讀到，在漫長的時光裡，瓷器十分貴重，某部分原因是成分的祕方依然成謎。青花瓷出口到歐洲，有些變成描繪荷蘭屋舍或基督圖像，旁飾蓮花瓣和傳統的如意紋。這般特別訂製的瓷器稱為Chine de commande（外銷瓷）。其後，德國發現瓷器製作的祕方，英國也是，中國瓷器就變得較不奇特且需求漸少。

我去找媽媽，她還在欣賞莫內，那碰巧是他的一幅著名畫作。她的雙腳輕輕搖晃，彷彿隨音樂起舞，或者可能是累壞了。我說我有時同樣不瞭解在藝廊的見聞，或書中讀到的內容。儘管我懂你自覺必須有觀點或想法的那種壓力，尤其是你若要能清楚表達，那通常伴隨著一定程度的教育學識而來。這一點，我說，讓你能談論歷史和脈絡，在許多層面顯得像一種外國語言。長久以來，我相信這種語言，我盡自己最大的努力流暢使用。但我說有時候，事實上愈來愈常如此，我漸漸覺得這種反應太虛假，像在表演，我追求的不是這樣。有時我凝視一幅畫，完全沒有感受。或是我有個想法，僅僅出乎直覺，像一種反應，完全不是文字能夠表達。我說沒有關係，如果是這樣就直說。重要的是心胸開放，願意傾聽，曉得什麼時候說與不說。

我們步行穿越青山的墓園。出名的櫻花樹光禿禿，我們周圍全是直立的石碑，營造某種小神龕的印象。它們沒那麼像墓，反而更像微小靈魂的屋宇和居地，有些確實以或能稱為柵門或木籬笆的構造圍起，有的裝飾小型石燈籠，或石花瓶，裡頭插著花。石頭、苔蘚、落葉，木桿上的文字，出於某些原因讓我想起森林或寺院。稍早，我們造訪位於小金井公園的大型戶外博物館，日本老房子搬遷到那裡重建，讓人感受江戶時代的生活樣貌。在一棟老屋裡，有個女人邀請我們坐下，從爐火上的壺倒熱茶給我們。淺飲有花香，但不完全是甜味。我端詳杯中，看見粉紅色的花。女人說茶是用櫻花瓣製成，以鹽漬保存。環顧屋內的祖露䑛地板和柴火爐，媽媽說她想起家鄉的童年。可是怎麼會？要曉得這棟老屋的歷史超過兩百年。但我知道她指的是裸露的地板，沒有電力的簡樸廚房，昏昏暗暗。香港仍有像這樣的街道，小村莊的遺跡，擠在摩天大樓中間的空地，或在屋頂，電線和晾衣繩串起房舍。她曾告訴我，小時候她見過一個男人從五樓的陽台跳下來，另一次在路邊看見狗被打。

我突然想到在我這個年紀，媽媽已經去新的國家展開自己的新生活。在那時候，她已經成為一個新生嬰孩的母親，可能用一隻手就數得出回香港見家人的次數。我試過，可是難以想像她初抵的頭幾個月。她曾經想家嗎？她可曾敬畏跟自己家鄉迥然相異的街道，有著磚頭和擋雨板*的房屋？她是不

* 擋雨板（weatherboard）指澳洲的家屋護牆板，多由木材製成，保護牆壁不受風雨直接吹打。

是沒被大的改變擊垮，反而像常見的情況，受到無數的小變化折磨——超市應有盡有，卻買不到冬粉或對的那種米；家裡的粥沒料又沒味道，用麥片和牛奶煮，而不是細蔥花、筍片和黑黑的皮蛋；過馬路時人們從車裡對她吼，原因她還不清楚；銀行辦事員聽不懂她近乎完美的殖民地英語？

喝完茶，我們晃進一座老公共澡堂。廣闊室內以矮隔牆分開，一半給女生用，另一半給男生。深浴池呈四方形，鋪淺藍磁磚。牆上設置一排水龍頭和鏡子，我解釋，女生會坐在矮凳上先沖洗過再踏入公共浴池。池子上方，大幅壁畫繪製藍天、山嶺、綠樹、雲朵和藍色大湖，像兒童繪本裡的插圖般可愛又簡單。媽媽走近去看，伸長脖子並發出嘆息，彷彿眼前不是彩繪牆面，而是一整片壯闊宜人美景。

我拍攝壁畫的照片，那些色彩讓我想起往日推廣運動賽事的海報，例如六〇和七〇年代的奧運，接著我也拍下藍磁磚，還問她想不想跟我一起去東京的澡堂。我說上一趟我有去，很享受那次經驗，女生和小孩全都一起泡澡。她說她沒帶泳衣，我說不要緊，事實上，澡堂裡不能穿泳衣。媽媽微笑搖搖頭。我想起在澡堂裡，嬰兒和幼童是怎麼攀在母親身上，她們幫小孩洗澡，倒水沖頭的同時用一隻手護住孩子的眼睛。母親和孩子還沒感受過真正跟對方分開，好似依然是相同身體、相同靈魂的一部分。我知道，姊姊和我曾經也這樣覺得。這趟旅行中，媽媽時常比我早換上衣服，準備好出門。如果我碰巧醒來，看見她穿睡衣下床，她會匆匆進浴室換裝，甚至微微欠身，表現出日本人的姿態，才關起門。

我們要搭前往茨城的早班車，推行李箱走去車站時，天空昏暗，幾乎像前一天藝廊的展間那麼黑。在我們腳下，人行道顯得微微發光，另外幾個要去上班的人越過我們，身穿立起領子的棕色長大衣或拿著輕巧公事包。我告訴媽媽，今天我們會搭車幾個小時，稍微繞路只去看一個景點。我擔心我們趕不上車，那意味著趕不上另一班轉車，所以匆促離開飯店。但實際上我們到得太早。我掃視時刻表，發現有班更早的車預計在幾分鐘內進站。我請媽媽在行李旁等著，快步走向月台另一端的售票機。我印象中有辦法在售票機換成較早班次的票，但也意識到可能來不及。我知道在搭車的時刻分開，媽媽會有點焦慮，在她的冷靜背後，她會希望我快一點。我插入我們的票，試著瀏覽選單，按下英語的選擇鍵，明白火車隨時可能抵達。我迅速跳轉畫面，最後機器把票吃進去，經過長長的停頓，吐出兩張新的票。我抓起票跑回去找媽媽，她像在激動催促我那樣揮手，這時火車剛好駛進月台。

我們一找到座位，媽媽就接過我的外套，掛上你可以從車廂內壁扳開的小塑膠勾，而我把行李箱抬到頭頂的置物架。我問她想不想讀我帶的其中一本書，或是早上我從飯店拿的報紙，但她搖頭說她看風景就好。她坐得非常直挺，雙手擱在大腿上，望向窗外疾逝的鄉間。火車開得快到景色只剩一片模糊，徒留色彩和線條的印象，這種情況不可能看清任何心曠神怡的細節。媽媽提起大伯喜歡火車，乘坐這樣的列車會很享受，儘管他沒什麼機會常常搭。

我記得媽媽告訴過我一個關於大伯的故事，我在家人少數回香港那幾趟見過他。他安靜纖瘦，有種他沒去念過的大學生學院氣質。跟媽媽一樣，他講究衣著與外表，總是穿熨整好的白衫和黑鞋，頭髮側分微微梳出弧線，流露三〇和四〇年代中國電影明星的風格。媽媽說大伯不像街區大部分的男孩，他和氣又體貼。他在雀鳥市場替人打工，偶爾會帶幾隻鳥回家。小時候，媽媽很愛屋裡有鳥。他們的年紀整整相差八歲，因為祖母在兩個孩子間流產兩次。媽媽時常看著哥哥清理鳥籠，偶爾獲准幫忙處理水槽，她去廚房洗手台裝滿水再拿回去給他，小心不灑出一滴水，這樣他就可以把水槽裝回籠子，地板已經鋪好乾淨報紙。

一天，有個男人進店裡待了許久看鳥，要大伯從天花板架設的長桿拿下這只或那只籠子。大伯拿低籠子時總是謹慎平順，曉得若是動作太快或傾斜，鳥會變得焦慮並試圖在籠中四處飛，可能導致腳或翅膀受傷。最後，男人選了兩隻最漂亮、最昂貴的鳥，有心形的胸膛和紅通通的羽毛，說是給女兒的禮物。牠們真像一對啊，他打趣說。大伯做成買賣，等一天結束並關店，先闔起木推門上鎖，接著關折疊的金屬柵門。

當時是雨季，那段日子大伯時常在雨中走回家，雨有時來得劇烈且突然，你根本來不及在淋溼前開傘。無論走在哪裡，你的鞋子會浸溼，褲腳邊緣也是。然後，就像來時那麼快，天會放晴，換成同樣厚重逼人的炎熱。每個月的發薪日，大伯回家就拿出信封袋，抽出三分之二給他母親，只留一點給自己。

媽媽告訴我，有天早上，大伯剛轉開鳥店木門的鎖，發現有人已經等在金屬柵門外。從衣服的菊花圖樣，他看出對方是個學生，並認出她身上是本地教會學校的制服，跟他讀的學校距離很近，而他十四歲就離校開始工作。她手裡捧著一個鞋盒，蓋子上打了六個洞，看起來是拿尋常的鉛筆戳穿。大伯掀開盒子，發現是上個月賣給那男人的其中一隻鳥，虛弱顫抖著，躺在舊學校襪子剪開鋪成的布床。大伯取下一個籠子，把原本的鳥移進另一個籠子。接著他徹底清理籠子，調低棲架靠近底部，並換上乾淨的報紙、飼料和水。女孩去上學，接下來幾天，他在店裡工作時讓籠子保持在眼睛的高度，天氣溫暖時把籠子移往陽光斑駁照映處，或在下雨時稍拉下布簾遮蔽。過些時候，鳥終於能飛上棲架，隨著鳥的情況好轉他把棲架調得愈來愈高。他帶著籠子，披垂一層厚布在竹籠架外，走啊走到女孩家，那裡實際上更像是大宅院落，位於一條知名街道。

後來那段時日，媽媽說她常撞見哥哥和那女孩一起，各自騎著腳踏車在城裡穿梭，或在路邊的攤販排隊。有時候，他們邀她加入，帶她去附近的甜食店，買滿滿一包李子乾和糖果。她熟知他們習慣碰面的地點——公園的噴水池旁，或是女孩教會學校附近的轉角。不用說，女孩的父母必定反對他們花時間相處，因為大伯既窮又沒受什麼教育。大多數情況下，他們要事先計畫，並私下會面。這連帶讓媽媽成為共謀，她在場構成被任何人撞見的輕易掩護，一個十歲小孩自然需要陪伴。聽說這回事以後，我時常揣想媽媽當時應該有什麼感受。她年輕到是初次真正接觸戀愛，也年長得足以對那感到好奇。好比說，她有沒有注意到，坐在哥哥的腳踏車上、或攀爬遊樂場設施時，另外兩個人剎那間無比專注於彼此，這給她什麼感受？又是什麼情況，即使用甜食做補償，或多幫她買一張票看電影，他們的注意力鮮少完全落在眼前的事。他們講笑話就為了逗對方笑，這樣有多快樂？我心想，她是不是眼看這一切，想著、或夢想著自己可能擁有的未來？

她哥哥一直對相機有興趣，曾經拿僅有的薪水買下一架二手相機。他常在他們一起外出時拍照，由於他總是那個拍照的人，這段關係的唯一記錄竟是媽媽和那女孩的合照。她說照片依然收在某個地方，是在公園噴水池拍的一組照片，媽媽站上池邊，女孩穿長裙坐在她身旁，微笑著，後方水面宛如黑色和銀色的圓盤。媽媽說在那時候，她當然察覺到這女孩非常世故，幾乎像個大人。女孩穿著及踝校服白襪，用彩色寬橡皮筋把課本捆成一疊。她很美，有著當時很吃香的白皙膚色，頭髮梳成馬尾，用飾有兩顆白珠子的鬆緊髮圈綁起，大小如彈珠。女孩總是親切對待媽媽，喊她小妹妹，有天在她耳邊悄聲吐露那年學期結束結伴逃家的計畫。

但理所當然，就算小心謹慎，人人都曉得這段戀愛。女孩曾向學校朋友訴說，大伯的老闆也見過她在店門外等他。鄰居和朋友目睹他們並行騎腳踏車朝灣邊去，或在本地的小餐館分食西式料理。這是公開的祕密。

有天，大伯守候在學校附近的老地方，但女孩沒有來。他終究走回學校，找到她的一位同學，得知女孩整天沒出現。到了她家，他鼓足勇氣按下電鈴，卻沒人應門。他繞到側邊街道並爬上屋旁的樹，往窗內窺看，發現室內空空蕩蕩。過了一陣子，他走回屋前柵門，在那等著。其他的事他無法去做。到最後，管家對他心生憐憫，走出來說這家人搬去美國，不會回來了。她再轉身要進屋，但隨即停步，彷彿在考慮什麼。接著她回頭對大伯說，她不確定該不該告訴他即將說出口的這件事，但總之她還是決定透露。她說他們動身之際，女孩請她帶訊息給大伯，就要他等她，說她有天會回來。除了貧窮和教育程度低，媽媽解釋，大伯的心臟也有毛病。醫生說過他會早夭，但他活下來了。即使如此，在那時候他的身體狀況還是不適合搭飛機，就算他得知他們去了美國哪裡，就算他有旅費。他還能怎麼辦？只有謝謝管家，回去家裡。他繼續工作，顧好自己的健康，終究在錢存夠時到女孩家附近的街區買下一間套房，而今那屋裡住進另一家人，他可以時不時路過屋旁。到頭來，大伯找到別的工作，接著一換再換，最後進了報社。公司問他想不想換個城市，就任更高、更好的職位，但他回絕了。即使不再賣鳴禽，他總是養一隻在身邊：黃羽且嬌小，有時為了找到對的鳥尋遍全城鳥市。他未曾婚配，沒能成家。最後啊，媽媽說，他們收到一封信。從國外寄來，裝在邊緣有紅藍紋的淺藍色國際信封。裡面的信字跡整齊而平穩，內容描述一段陌生的平行生活：抵達新的國家，讀新學校，思鄉和心痛漸漸愈變愈淡，然後念大學，沒預料到的意外新戀情，隨後是工作、婚姻和小孩。那女孩如今成為女人和母親，想問候大伯，透過一連串共同認識的人找到他，希望能再通信，甚至打電話聊聊，然而我大伯，儘管數度嘗試，卻始終未能鼓起勇氣寫一封恰當的回信。

在我的童年時光，媽媽曾多次告訴我這故事的某個版本，她也對我訴說其他故事，關於貧窮和家庭和戰爭。有次，在我是大人以後，我又問起大伯的事，要她拿鉅細靡遺提過的相片給我看，但她皺眉說哥哥才沒發生這種事。她說他在他們家那條街的文具店工作，沒替雀鳥市場賣鳥的人打工，但沒錯，他的心臟病讓他這輩子都待在兒時的街區附近，他也確實沒結婚。

我問姊姊這段往事，她說她也記不得了。過些時候，她說實際上這情節聽起來非常像她高中看過的電視連續劇。隔天，她又打來說她正第一次蒸米做的甜糕，搞不好我記得小時候吃過。她在雜誌上發現食譜並立刻認出來，儘管她已長久遺忘這道甜食。成分呢，她說簡單得不可置信：只有米粉、水、一點糖和少許酵母，通通混合，蒸熟然後放涼。她向媽媽借來一只大蒸籠，此刻正在蒸，好讓她的小孩嘗嘗看，也記住這道點心。她再提了一遍，她不記得媽媽說過大伯的故事。對於媽媽的家人，她唯一清晰的記憶是祖父葬禮回香港，當時她可能是六、七歲。如同諸多童年回憶，那大半由印象和強烈的感受組成。她記得睡在一張陌生床鋪，蓋淺粉色的菊花被子，材質跟毛巾一樣，只知道是某個堂表親或姻親讓給她，不確定究竟是誰。屋裡始終擠滿人，坐著聊天或無拘無束進出廚房，表現出她沒有的自在感。姊姊說，她從小就覺得這使人困惑，無法分辨陌生人與家庭成員，裡頭好多人以突然又費解的方式親切待她。他們常走來拿些什麼給她，甜食或點心，並試著跟她講廣東話，她不會說也聽不懂。他們曉得這件事，卻仍舊去試，彷彿理解力有可能變出來，只要對話的雙方夠有決心。姊姊會投以茫然眼神，最後每個人都放棄，搖頭走掉。她只懂極粗淺的用語，整趟路僅能用約略意指是、不是和謝謝你的話來表達想法。不像其他小孩，她沒表現得夠懂事而獲准幫忙，反倒既受寵溺又可以自己待著。大部分時間她窩在一張紅木椅上，玩表兄弟姊妹的 Game Boy 遊戲機，或者開電視看卡通。如果她想去外面的小庭院玩，好比說去看看立在那裡的石獅子，在它厚實的雕花爪子下滾著一顆球，有人會借她一雙粉紅拖鞋，尺寸大好幾碼，已經磨平還被別人踩出腳的棕色形狀。她得到的唯一任務是幫忙洗米，反覆注入並瀝乾乳白的水，直到幾近清澈，簡單到連小孩也能做。晚上她清醒躺著，聽風扇響，還有其他家人在大房間說話的聲音。

她說她不記得葬禮了，只記得墓園，在高高山丘上的某個地方，到處是灰色石碑和許多、許多台階。她說整趟旅程心生強烈的漫無目的感。她覺得備受看管，儘管人們態度親切，那是某種你對待小動物的寬容，對方不懂事，無法控制自己的本性。她不知道怎麼守規矩，如何在身處的全新複雜家族層級中落腳。不像我們的小家庭，那裡從沒有獨處的時候，從沒有時間休息。每個人總好像忙著為別人做些什麼，讓她自覺沒有用且礙手礙腳。她曉得這家人在哀悼，可是相片擺在屋裡供桌、也就是大家去過他墳墓的男人，對她來說是個陌生人。她只記得他們那天帶去的紙錢外觀，因為有著亮紫色包裝，近乎洋紅色，紙上是金箔印的字。襯著石碑和混凝土階梯的灰暗，這些色彩看來眩目，稱得上美麗。紙錢本身也有許多色彩，像遊戲裡的錢。她模仿其他所有人，排隊將紙錢扔往火中，當風改變方向、煙飄進她眼裡時，她才感到淚水滿盈。那天的其餘時間，她既無聊又心情壞，當她接過要留置祭拜的一碗食物，她快手草草擱上石台，明知道這舉動會讓媽媽在朋友和親戚面前為難。最後有人買給她冰淇淋，她在長草叢和潮溼的空氣裡蹲著吃。

隔天，他們開車去隔壁區的一間珠寶店，姊姊又在那裡看見另一隻石獅子，還有她認得的觀音菩薩像，有著慈祥的臉和修長手指。那裡也有一個碗，用玉做成並裝滿水。姊姊說在碗底，玉石雕出兩隻鯰魚，悠游在蘆葦和植物間，可是雕得往內凹，好讓它們看似真的浮在水中。逛到某個時間點，她心懷羞愧意識到家人想買禮物讓她帶回去。他們拿不同件珠寶出來點評。有些玉是不透光的白，或是透明的褐色，有點像他們前幾天吃過的深色皮蛋。有些是光滑的深綠色，讓她想到山頂或墓園長出的苔蘚。不過到最後，姊姊選的並非珠寶，而是更像玩具的物品。在櫃檯，有一疊迷你書盒似的東西，覆著藍綠色布蓋，用紅緞帶繫起。掀開布蓋，裡面有一隻小金龜，旁邊擺著一顆石頭，固定在玻璃板後方。不知道為什麼，一打開盒子，烏龜的手和腳就開始晃動，小小的頭左右點。姊姊喜歡上這個小擺飾，擁有它好似能平息過去幾天感受到的所有陌生和困惑。回去後，尤其在人多的用餐與客人探視期間，她會溜去打開盒子，看著迷你烏龜表演可靠的舞動，看起來也像是在游泳，儘管現實中它根本哪裡也不去。回程時她小心打包，把它夾在幾件T恤中間，可是當她再次掀開行李，發現玻璃曾被拆除，現在改用隨便的膠黏回去，而且烏龜再也不能動。

姊姊說她只回過香港一趟，當時她還是年輕的住院醫生，去參加辦在九龍一間飯店裡的醫學會議。她不太認得那地方，她著實感覺像是第一次來，而不是第二次。她說城市的奇特反差出乎意料，宏偉的灰色摩天樓襯著亞熱帶森林的蓊鬱、綠油油山頂，還有海灣。景色美得不可思議，她很難相信自己從前來過。那時候她已經讀完醫學院，在一間忙碌的公立醫院工作，足以考驗她，心裡也明白這將讓自己獲得所需的專業。她應付得來，如今獲邀到海外城市參與名聲響亮的會議，演說內分泌學。她不太會想起上次來這裡那位曾經彆扭倔強的小孩，沒辦法照顧自己，還在墓地冷漠至極亂扔供品。為了這場會議，她帶來有腰身的灰西裝外套與成套的寬褲，內搭樸素的白色圓領衫。觀眾席黑壓壓一片。講者優秀且樂於接受意見交換，她知道這次經驗能讓自己收穫良多。在前廳，他們給她一條識別帶，寫著她的名字和醫院的名稱。

傍晚時分，她推辭慣有的喝酒與交際場合，想去看看這座城市，並決定捨棄地鐵，改搭計程車或天星小輪。當渡輪跨越維多利亞港，她脫掉外套並細心摺疊掛在船頭欄杆上。風輕撫她早上紮起的頭髮，讓鬆脫的短髮絲在臉上飄動，給人一種好似自由自在的感覺。海面波浪起伏且開闊，她手臂枕著摺起的外套往前傾，眺望金黃色向晚細霧籠罩的城市。

她說她原本想跟那裡的其他家人聯繫，可是出差前忙於工作，沒能抽出空檔。抵達後，她再度提醒自己該聯絡，但想先留一些只給自己的時間。她整年這麼努力做研究和工作，現在想隨興縱容。在會議上，她遇見後來成為她丈夫的男人，是一位年輕的研究生，勤勉又有能力，就像她一樣。他也有她多年來研究讀書養成的行事風格，可靠且善解人意，同時安於不帶入個人情感。他同樣有家人住在附近，在台灣，跟她相仿，他還沒打算去見他們。而今，身為她的丈夫，他對她來說無比熟悉，所以她簡直無法想像，曾經她並未深深習慣有他，曾經他一現身就可能讓她慌張。但她記得，或至少自認為記得，兩人共度的目眩神迷時光，當時他們還沒完全認識彼此。在會議休息日，他們爬上日光照耀的山頂。頂點瞭望台架設著望遠鏡，他們效法遊客的行為往投幣孔投錢，這樣就可以用望遠鏡眺望底下的城市。上山途中，姊姊也注意到每隔一段路就有涼亭，而在低矮的石材基座上，往往又是另一隻灰撲撲的石獅子。隔天他們去了大嶼山，搭乘底部是玻璃的纜車，並爬上長長的階梯去看青銅大佛。他等候她在廣東道買衣服，晚上他們迷失在縱橫交錯的酒吧和餐廳，不時有人請她喝酒。在這些遊程的某個時間點，姊姊說，她漸漸領悟到他是她覺得能夠相處的人。這個人如她一般堅定，從他說話的方式與內容，她感覺得到他重視穩定，為人生規劃了明確穩當的進程。彷彿已經徹底看過檢驗結果和病歷，如今面對最終的掃描或X光檢查，她對結果相當有把握，如預料中的定局。

基於某些原因，起初交談時，她任由他覺得這也是她第一次來香港。她不得不承認，扮演遊客確實比較容易享受這座城市。她沒提她的家人在城裡某個地方——她依然不曉得確切位置。會議即將收尾，她告訴自己再不行動就太遲了。多年後，她說，她仍未向丈夫澄清這件事，儘管她記得在山頂從望遠鏡看出去，有個瞬間她猜想著，會不會碰巧發現好久以前去過的墓園。

在最後一天，她趁著座談間的暫休，搭乘露天手扶梯緩緩爬升進一棟巨大的百貨公司。在最高、最安靜的樓層有間珠寶店，商品擺在明亮玻璃櫃的白絲布上展示，店員穿戴灰套裝白手套站著，好似在立正。姊姊往展示櫃俯身，當她把手放上櫃面，聽見自己的金錶叮一聲輕碰玻璃，聲響讓人愜意。她一表明不會講廣東話，櫃檯後方的男人就改說英語。姊姊清楚她沒多久要回會場，但她也知道自己會在店裡買某件物品，好紀念這次旅程，就像上一趟她曾得到某樣贈禮。最後，她選定一枚扁扁的玉環，跟綠色相比更接近白色，固定於銀頸環，配戴時形狀抽象的玉環會平貼著肌膚。這讓她想起中國曾流通的古錢，以及後來用於古代葬禮的玉璧，有段時間，人們相信玉能延緩地底屍體的腐化。

那天我唯獨想去的地方是一間教堂，據說是非常美麗的建築物，由知名的建築師設計，位於大阪近郊。我對媽媽說，即使我曉得她不信那派宗教，參觀教堂應該會有深沉的體驗，我希望值得花時間走一趟。稍早搭火車時，思緒深陷在大伯和香港的事，我曾轉頭查看媽媽，發現她把頭靠往窗旁的頭墊，雙眼緊閉。我們把行李留在車站置物櫃，轉搭本地支線。路途中，我們在一間小麵店停下來吃午餐。店外排了短短的隊伍，可是他們供餐快速有效率，具備開業多年的水準與速度，只煮好一種料理。麵裝在大碗裡端上來，碗內側素白，但外側彩飾淡淡的西瓜粉紅、綠、黃色繁複密紋。它讓我想起童年時代常在餐廳見到的碗。相同的花紋必定在歷史上某段時期廣泛現身於盤皿和餐具。此外，就像出名的青花瓷，這樣的器皿備受欣賞與珍視，當時亞洲與西方之間的貿易初通，起初它經人購買、隨後複製，在許多不同的國家，經由多雙不同的手，而今以眼前的版本留存，在工廠製造且於全世界使用，總量多不勝數。

室外寒冷而火車內溫暖，喝湯讓我們倆後來都有點想睡。我們沿著近郊街道步行，路旁有木製電線桿，電線在頭頂交錯。路窄到時常沒有人行道，而是在柏油上畫白線標明你可以走的範圍。偶爾，我們路過毗連的便利商店、小店鋪和咖啡屋，藉著色彩鮮豔的直立招牌，總是遠遠就能望見。前幾天在戶外博物館，我們閒晃到一棟木屋，正在播放音樂。媽媽放慢腳步，我發現她想進去，轉身帶路穿過門扉。屋裡，兩位女子朝著長樂器俯身。媽媽興奮訴說這是日本箏，類似她印象裡小時候在廣播聽過的中國箏。我也認得那琴聲，時而低沉有木質地的音色，時而斷然不相連，或者像你把指頭迅速滑過鋼琴鍵般湧動。女人在右手的三根指頭戴上tsume（爪），看起來像形狀細緻的白色爪子或指甲，用爪來撥動琴弦。媽媽在一旁觀看，神色著迷，聽了好久。離開時，她問能不能趁我們在這裡買一張這種音樂的CD。

我剛開始險些找不到教堂，但後來我們碰巧撞見，並走進位於寧靜鄰里的箱盒般低矮建築物。教堂裡，牆面是清水混凝土，吸收大部分光線，使室內顯得灰暗。地板並非水平，而是微微往下方斜，彷彿使萬物移往南邊的素樸聖壇。在聖壇後的牆壁開出兩道大切口，一道從地板到天花板、另一道水平劃開，好讓它們形似巨大的十字架。我們坐下後，全副注意力皆聚焦在這宏偉的形狀，以及穿透缺口傾瀉的明亮白光，與室內的壓抑氛圍形成對比。效果饒富趣味，恍如透過洞穴開口往外凝視日光。有可能，我對媽媽說，這也是早期人們走進教堂的感受，當時自然本身仍是世間的一股力量，本能且神聖。我又說建築師原本打算不封起十字架，好讓空氣和晴雨氣候從開口吹入，宛如神的意志。

天氣陰沉寒冷，我們是室內僅有的兩個人。我問媽媽相不相信靈魂，她想了一會兒。然後她沒看我、而是看向眼前的白光，說她相信我們基本上什麼也不是，只是千絲萬縷的感受和欲望，全都不會長久。在成長期間，她說她從沒想過自己孤身一人，而是與他人緊密相連。最近啊，她說，人們渴望知道一切，以為他們能夠全都理解，好似啟蒙即將到來。她說，但事實上無從掌控，理解也不會減輕痛苦。我們今生所能追求的唯有度過，如煙升越樹枝，承受煎熬，直到我們達致一種虛無的狀態，要不就是去別處受苦。她講到其他信念，關於善與捨，累積善行有如財富寶庫。這時她看著我，我知道她希望我在這方面理解她，聽從她，可是很遺憾，我發現自己做不到，而且更糟的是我連假裝都沒辦法。我反而看著錶說參觀時間快要結束，我們可能該走了。

至於下一段旅途，我一度計畫沿著古老步道健行，穿越曾串起古代都城的森林、小鎮和山區。不過我很快就發現不可行。整個禮拜都在下雨，步道會泥濘溼滑。媽媽沒照我說的帶登山鞋來。我想勸她跟我一起去走，但我明白這麼做稱得上殘忍。從我上次見她以來，她的臉變了。她一向充滿活力，總是神采飛揚，我察覺這樣的印象在我心中已根深蒂固。然而這趟旅程中，我端詳她的側臉，凝視她疲憊或在休息的臉，並體悟到她如今為人祖母。隨後，同樣在轉瞬間我又忘了這回事，只從跟我童年期間一模一樣的印象看待她，深刻得不可思議，隔幾天才再度打破印象。我對她說，假如她不介意，就改成我自己去走步道，這樣會讓我們分開一天一夜。她可以住一間老式小旅宿，非常靠近車站。城鎮很大，可是如果她待在一定的範圍內，應該有夠多地方看，又不需要冒險走遠。我會搭火車到另一邊，然後利用整個隔天朝著她的方向走回來，傍晚左右抵達。

在旅宿，我用小背包裝衣服，每件都捲得好緊，盡可能節省空間。接著我打包野炊瓦斯爐和大水壺，還有輕便雨衣，把其他行李留給媽媽。我問她想不想在我動身前一起喝茶，接著我們坐在地上，黑色鐵茶壺擺在兩人中間，茶壺沉重發燙，拿起來斟注很稱手。房裡有煙和剛燒煮玄米的味道。我說我稍稍思考過她前一天說的話，關於善行的事。我問她記不記得我做的第一份工作，在河附近郊區的一間中國餐廳，我大學一年級在那裡做事。那是間美輪美奐的餐廳，實際上曾經名聲響亮，儘管老派，它依然保有某部分往日氣息，暗調子室內有著細密的照明和光亮的深色地板。在餐廳裡，一切皆顯得有些莊重，呈現特定的分量與嚴謹感，彷彿想創造一處浮世。我們的制服是黑圍裙和黑鞋，象牙白襯衫配布釦和小立領，恰好足以塑造曾經指涉遠東的幽微感受。我們規定每晚化淡妝，還要挽起頭髮，我會在每次上班前謹慎準確做到。其餘服務生全是二十出頭和三十多歲的女生，當時在我眼中她們成熟得出奇且獨特。我記得要求是勤勉工作，並嚴肅看待餐廳的聲譽，彷彿只要我們全都衷心相信，名氣就能延續得更長久，像一種宗教，或是一種信仰。

我說她或許還記得我當時的男友，也是個學生，跟我修同一門課。就像我，他也有一個姊姊，我是隱隱約約曉得這件事，因為他從未真正談過，在他的童年時期他們很窮。他做事投入，輪廓鮮明的臉顯得過於年輕，但我知道這隨著他年歲漸長會變得好一些。他總是努力讀書，規律上健身房，關於他的事沒有一件惹我不開心，儘管如此，我覺得我們基本上像是陌生人。他也常提起，以一種深情的方式說我有點奇怪，有一次聊天時評論我太認真看待餐廳的工作。我不以為然，但當下沒有反駁。在那時候，我認真看待所有的事。我努力念書，因為我真心相信學識有更崇高的作用，而且我喜歡依循某種嚴謹態度或方法過生活的念頭。我這輩子只想好好專精一件事。我用同樣的心態在餐廳工作，每次輪班前，我總是把頭髮紮得非常緊。我這麼做的理由並非我想要，而是因為在某些方面，我覺得這種髮型優雅且一絲不苟，適合我們的角色，需要隨時從容幹練。同樣的，我察覺自己在餐廳用不同的方式做許多小事情，彷彿單單是進門這舉動就使我轉變，好像我此刻能承載吸收，或保持沉默。我專注追求效率和優雅，意識到自己的身段、聲音、臉上的表情，並意識到倘若打破什麼，或我們掉落托盤、碟子或一疊玻璃杯，後果將相當嚴重，跟我們發狂或出於抗議故意砸碎沒兩樣。餐廳偶爾舉辦大型宴會，那時候我們必須端出鋪著海鮮和冰塊的長木船，裝點刻成花朵狀的蔬菜，我總想伸手抓來吃，像小孩一樣。儘管木盤笨重難端，我讓身段看來輕巧，謹記芭蕾舞者把全身重量壓在腳趾頭卻看不出痛的模樣。我男友時常開玩笑，說我是待在山上寺廟會快樂的那種人，日日只聽命掃去地板塵埃，思考時光與勞動的本質，以及髒汙和乾淨地面之間存有差異，亦或完全相同。

也約莫在那時候我又開始游泳，原本小時候常去。餐廳附近有一座戶外泳池，五十公尺水道，隔壁是社區活動中心和公園。我買了一套黑色泳衣，是我所能找到最簡單的樣式，像練舞的緊身衣，也買了蛙鏡並加入會員。起初很難做到，我不相信身體快忘記怎麼游泳，這件事在我年幼時近乎本能。可是一點一滴，慢慢努力，我全部想起來了。我每週游三次從不間斷，即使覺得疲憊，即使天氣不好或遇到考試。有些日子，光線在池底映成六角形，看著太陽、草坪、水的純澈，沒有比這更美的地方。假如我處於對的狀態，既專注又能放鬆，我可以幾乎毫不費力滑過水面，速度好似接近在飛。在那樣的日子從泳池走回去，暢游過以後，花園和樹木恣意生長，陽光照耀人行道，我產生某種感受——我的身體屬於自己，強壯且有日曬膚色，只要付出夠多努力，可以成為我希望成為的任何一切。我剎那間感覺整個世界像是穿越了大型漏斗後豁然開朗，從我的雙腳到樹葉到頭頂的天空。在那些時刻我徹底放空，或可能想著難以言明的種種事物。這樣的瞬間從不長久；它們來得快去得快，快到我從來無法確定發生過。然後我必須繼續往前走。

在課堂初相遇的不久後，男友問我喜不喜歡電影。我說喜歡，他說那下次他帶幾片來借我。隔週上課時，他給我一個塑膠袋，小心翼翼提拿並托住底部，彷彿那是包裝好的禮物。我往袋裡看發現是DVD，大部分是動作片，也有幾部愛情片。它們不是經典電影，而是這幾年的片，所以略顯過時卻又不夠老。我向他道謝，但事實上我對這種電影興趣缺缺，不知道該拿它們怎麼辦。最後，我把光碟片放進我的包包不管，讓它們暫且跟著我到處去。大約過了一個禮拜，我半片都沒看就歸還。男友問我喜不喜歡，因為不曉得要說什麼、又看見他臉上的表情，我撒謊說喜歡。

我們約會一年後，他計畫到一間出名的法國餐館共進晚餐，他說這是等他畢業終於真正賺到錢後，想都不想就會去的那種地方。我買了新洋裝，晚上的工作請假，在家準備出門。梳頭髮的時候，手機收到一位餐廳客人傳來的訊息。剛開始我不太明白，想說弄錯了，可能是傳錯號碼，或者是我誤解內容。我也花了點時間回想，揣測傳的人是誰。每天當班我要負責許多顧客，每次我都能完全融入現場，等顧客離開再以相同徹底的程度忘掉他們。

我的舉止略有不同，依據需求微調表情或動作，像是在攝影師面前變換姿勢的對象，善於體察角度或光源位置。如果客人想聊天，我應付得來。我悉心聆聽並巧妙引導他們點到對的菜，說些簡單的事情回應。如果他們希望不受打擾，我也有辦法表現得沉著敏捷。我可以用有別於服務、更偏向禮貌的方式收走各色碗盤，藉此紓緩本質是一個人替另一個人收拾的難堪苦惱。我記得有個來店裡的男人，常常時候還早，餐廳仍在準備，快要就緒。他總是選擇角落的位子，能看見整層樓。我也記得他通常獨自一人來吃飯，但表現得不像對於這麼做完全自在：意思是他往往想聊天。我想他暗示過自己經商，曾有某種極端的成就。我記不得更多了。

在法國餐館外跟男友會合時，我看見他如我一般盛裝打扮，穿上白襯衫和深色長褲，類似我們工作的制服。我們走進去，獲得帶位並遞來菜單。入座後，男友匆匆掃視酒單的側臉，看起來像某款昂貴名錶的廣告。我知道對他來說這一晚已經算成功。他做了自己覺得浪漫的事，既正確又美好，他給我的禮物是這件事，而不是吃飯花的錢。在他心目中，這舉動讓我們靠近，使我們進展到某個更重要的階段，像是掃帚把兩粒石子沿著小徑往前掃。我覺得，在某種程度上，我也應該要感到快樂。後來我覺得自己點錯菜，可是當男友問我食物怎麼樣，我沒說我認為在某種程度上這道菜不老實，把味道修飾得你不太能辨識吃進什麼。我意識到享受這頓飯有多麼重要，或至少表現得享受。我想如果我夠盡力嘗試，付出的力氣會化為真正的快樂，然後我終究能夠停下這些念頭。當甜點送來，那是一道澆酒點燃的火焰甜點。我們用湯匙敲破蛋白霜脆殼，內餡甜得讓我想睡覺。我隱約想起曾有人提點我，基於某些緣故，你還沒有想要的才是最好的事物，就算你並不想要，就算你不太喜歡想要你的人。至於我是從何處領會這道理，我仍然搞不清楚。

那學期剩下的日子依照熟悉的模式開展。我去游泳，到圖書館跟男友一起讀書，我去上課。姊姊在鄉下的一間醫院實習，當她回家探望，我們去中國城做以前同校時常做的所有事：到石子路巷弄的一間餐廳吃紅油抄手，待在電影院的涼爽黑暗中看老功夫電影，去隔壁的店買便宜棒棒糖。在打工的餐廳，我繼續按照既有的方式工作，表現得謹慎周到，擺設桌面並整理包廂。如果那位顧客上門而我剛好負責他那一區，我照常幫他點單，他也照常閒聊，彷彿沒有事發生過。我們兩人從來沒證實他曾傳訊息給我。儘管如此，這樣的默認確實存在。有一天，當時我請幾天假讀書準備考試，他傳訊息說有陣子沒看到我，問我好不好。另一封訊息他寫到自己離婚，還有他的年幼兒子，我見過一次，內容也順帶提起他的妻子，我從未見過，不過他說是華人。他說最近他開始畫畫，雖然用字遣詞謙遜，我覺得在某種程度上他希望我認可他的天分，或至少是畫作的潛力。我想起我們或許短暫聊過藝術，或者文學，或是電影，起因是我在讀的某些作品。我問經理，餐廳裡有沒有誰可能透露我的手機號碼，他看著我的模樣好像我瘋了。經理說我是勤奮的員工，老闆欣賞我，他希望我修課一切順利。我心想這未免太詭異，唯有那男人與我曉得正在發生的事，而基於某些原因，對我來說當時最重要的事，僅僅是想辦法假裝什麼都沒發生。

男友約我到城裡最大的藝廊看畫展。我們在一天下課後出發，搭電車前往，遁入噴泉圍繞的一棟深色石造建築物。在室內，寬敞的空間人潮洶湧。有部分天花板是玻璃，清冷白光往下流洩。我覺得累又有些倦，可是我們去買了票，到衣帽間寄放背包，然後搭窄窄的手扶梯往上。起初男友與我並肩漫步看畫，他讚嘆畫很美，可是我有種他並不確切明白緣由的感覺。好比我們在端詳一串珍珠，當然它們天生就很美，所以光稱讚美幾乎等於什麼也沒說。後來我走在前面，踏進掛著一張莫內畫作的展間，我對媽媽說，那正是我跟她幾天前看過的同一幅畫。停頓片刻，我伸手拿擺在中間的茶壺，斟滿我們的杯子，儘管媽媽只喝了一小口，而我的近乎全空。

我說我對莫內的認識有限，學生時代和現在都一樣。我不太瞭解他畫畫的時代，或是他開創的聞名技法。但是跟男友在城裡藝廊的那當下，凝視著白光，以及田野中乾草堆的龐然形體，有什麼打動了我。它們在當時的我眼中，一如現在，像是關於時間的畫作。彷彿畫家用兩種目光凝望田野。第一種是年輕人的目光，察覺粉紅光芒的黎明映照草地，帶著可能性觀察萬物，有些作品他昨日剛完成，有些作品他來日仍要繼續。第二種是老人的目光，或許比作畫當下的莫內年長，他凝望相同景觀，想起當初的種種感受並試圖重新捕捉，只是他無法不注入自己察覺的無可避免。看著畫，我覺得有點像偶爾讀完某些書的感受，或是聽見某支曲子的片段。這些時刻似乎也連結到我游完泳從池邊往回走的下午，連結到世界的荒蕪。我覺得只要我能把這些事連結得更好，那麼也許我可以真正體會到什麼。接著男友走來站在我身旁，用他評論其他所有畫的方式評論這幅畫。我不發一語。相反的，我想著我們總是多麼和善對待彼此，在整段關係裡從未吵過一次架，連明白的意見不合都沒有。我想著人們總是描述我的個性溫和，或是餐廳顧客偶爾在給小費時稱讚員工，評論服務生的優雅舉止，聲音輕柔，態度樂於助人。

在餐廳，我們遇到整年數一數二忙碌的晚上。包廂滿座，樓面全是人。我和另一個女孩站宴會區，也就是由兩人搭檔照應豐盛的套餐。在這些時候，你必須手腳俐落，每道菜吃完就收走並送上新餐點，記得盤子和顏色的確切配對。與此同時你要注意時間，務必向廚房準確喊單：太早的話餐點會打架，打亂上菜流程，太晚的話用餐賓客會餓得不耐煩。夜晚過了一半，我路過那男人坐的桌子，這次有一位朋友同桌。他比手勢攔下我，基於某種原因，我停下腳步，即使我原本想忽視。他要再點一瓶啤酒，我收走桌上的舊瓶子並記下點單。他開口說話時，我印象中自己回想起他第一次來餐廳，可能約莫是他離婚那時，熱切想談論他的生意，他的畫作。我記不得當時我說了什麼，有何反應，但記得對他感到同情。也許我基於同情面露微笑，說了些簡單的回話，而他誤以為那些話別有用心。男人講了很久，即使他看得出來餐廳忙碌，即使他看得出來我必須離開。坐在旁邊的那位朋友，我從沒見過，但整體感覺與男人相仿，無關外貌，這人不發一語，卻偶爾大笑，臉色因為啤酒微微泛紅，持續觀看著，彷彿自己是一場有趣演出的觀眾。我手拿空酒瓶傾聽，不斷想著獨自在餐廳後方的另一位服務生，她必然應接不暇的餐盤，我必然錯失的喊單。我無法理解男人為何無法分辨我的舉止和感受間存在差異，既強烈又純粹，以至於那時候我感覺得到，它們像某種熱度從我身上發散。等他終於講完，我回到廚房把空瓶子丟去回收。當時我沒辦法解釋，但我覺得他奪走了某樣事物，那事物觸及游泳帶給我的私密快樂，或是賞畫時心有所感的臨界點。這些事很珍貴，對我而言它們依然成謎，而現在我知道，我已離它們更加遙遠。我把頭髮往後撥，蹲低拿托盤和抹布把桌子擦乾淨。然後我起身回宴會廳，如今我們的進度大幅落後，並開始忙那裡的事。

火車一離站，我有種放鬆的感覺。我想在森林裡步行，置身樹木之間。我想要不跟任何人說話，只觀看聆聽，去感受孤寂。火車經過田野和農場，覆蓋著塑膠布的溫室和小小平交道。再過一小段路，我下車買水果、一些飯糰和海苔，還有便利商店的茶和餅乾。接著我搭公車上山，前往步道起點。我會先過夜，再朝早上來的方向走回去。來山屋途中，我看見有間澡堂離住的地方不遠。我拿出毛巾帶在身邊，其他東西先放著，沿著路往回走。當時已近黃昏，走在路上，我一輛車也沒遇見。澡堂是一棟木造建物，位於泥土小徑底。周圍的樹木呈深綠色，地上覆蓋厚厚一層黑泥、土壤和落葉。浴池很深，水色霧濁，我洗過頭髮高高紮起才泡進去。牆壁用厚重石塊砌成，木地板潮溼光亮，木板條老早染得暗黑。浴池裡沒有別人，在我泡澡的期間從頭到尾都不見人來。

我看得出外面天色漸暗。兩道拉得細長的白光映照水面，是窗戶的倒影。我想到學生時代在泳池畔的下午，當時覺得自己既修長又纖瘦。我想到媽媽，她從沒學會游泳，也想起羅利，他在成長的地方附近划獨木舟橫越隕石坑湖。

今年稍早，我們搬進同一座城市，並買下海灣深陷凹點附近的公寓。目前為止，我們在那裡度過一個冬季：白日短暫，吹著我們經歷過最強勁的風，但一切依然新奇。有時候，感覺像我們是攀上高原的兩位登山者，安靜、敬畏，有點意外終於找到地方休息。我想起在那裡的早晨，我還在打盹，常聽見羅利準備去上班的聲音：爐火上的咖啡壺，蓮蓬頭的水流動，咖啡的香味，靴子蹬上木地板。如果貓進房間，我會先聽見她腳下的輕柔刮擦聲，然後在貓趴上我胸間時感覺到她的重量，深深呼嚕讓我的喉嚨都產生共振。我喜歡這間公寓，客廳能看見海灣景致。你可以拔掉門栓滑開玻璃門，有一排白色小方塊貼在門上，褪色且剝落，往外眺望整片海，頭幾個月如雨一般灰暗，或白得像藍咖啡杯的杯緣。大部分房間有兩扇門，你可以兜一圈從客廳走進廚房、走廊、再到臥室，簡直像是劇場布景。從任何一個房間，你往往能略微窺見另一個空間，像畫裡的人物凝視鏡子，看見剛巧在視線外的某件物品。我最喜歡能打赤腳晃盪的時光，根本不想走出公寓。地毯是厚重、淡褪的藍，像俄羅斯藍貓的毛色，宛如摺疊的紙張密合鋪在樓梯上。廚房裡，陳舊木地板顯得柔和，嘎吱作響且溫暖。我會逐間走動，隨手稍微整理。地上有攤開的書，杯子、報紙、我們的外套和衣服，毯子沒收塞進角落或披掛椅背。我會把杯盤拿進廚房洗，一邊看著小片庭院，野草恣意生長。或者我會拿抹布擦桌子、層架，把羅利最近從山上帶回來的石頭拿在手中片刻，這顆石子看起來像男子的鼻樑側影，連我們攀越巨石並拉繩索沿河邊小心前進時，他都握在手裡。總是有微小的改變：水果碗裡有顆甜橙變軟了，列在紙片上的購物清單。

有次我們從灌木叢帶回一枚皮革質地的褐色果莢，擺在廚房烤箱旁邊，那是全家最溫暖的地方。有天早上，我們醒來發現它裂開了，露出酪梨核般又大又黑的種籽。

另一次突然停電，我們翻找還沒整理的搬家紙箱，從其中一箱找出頭燈和幾根短蠟燭。屋外暴風雨下個不停，我們繞圈子走遍房內，把蠟燭擺在多處指路點。我在廚房點亮燭火時，有個瞬間聞起來像生日蛋糕。我記得煮了一頓簡單的晚餐，在近乎黑暗中剝除番茄皮，憑藉感覺而非眼力。羅利放起黑膠唱盤*，在貓跟前極其緩慢跳舞，表情不爽的貓繼續趴在地上她的墊子裡。我們看不太清楚桌上的食物，只能感覺碗中蔬菜的形狀和質地。我把洗好的衣服收進來了，床單披掛在架子、梯子和玻璃門上。我們聽得見屋外風勢強勁，可是室內安安靜靜。我記得吃飯時想著，幸福怎能來自這麼簡單的事。

* 考量到當時停電，羅利放的可能是手搖留聲機，或是使用電池的攜帶式唱盤。

四月，我們曾去拜訪羅利的爸爸，先搭飛機北上，再租一輛鮮黃色小車開幾個鐘頭的路。那時雨季將盡，萬物茂盛蒼綠。我眺望窗外的平坦道路、低矮山丘和狂暴的遼闊天空，著迷看著羅利在此成長的景色，在某些方面，這必定依然是他的一部分。至於羅利，重返青少年時期離開的地方，我知道他既快樂又憂愁，基於某些緣故，我覺得自己窺見私密的事物，彷彿他頓時變回少年，而我正凝視他早已捨棄的某個部分。在路上，我們停車換手開，羅利拍攝一片青翠甘蔗田中我站在鮮黃汽車旁的照片。行駛途中，他指著昔日的高中、兒時朋友的家，小時候與人磨練較量過的荒涼小徑。我們在廣大的湖泊邊停車，湖看起來很接近正圓形。羅利解釋這是隕石坑形成的湖，沒人知道確切有多深。他十幾歲曾游泳橫渡湖泊許多遍，有一次，他跟初戀女友借了朋友的獨木舟，帶帳篷到湖對岸露營。

他爸爸住在一片廣闊、肥沃的內陸自有土地。他們在既有的擋雨板周圍自行搭建大部分房舍，增建我們這次留宿的客房和寬闊的木造露台。他們家有天竺鼠籠，早上有隻公雞在母雞群和割過的草地間神氣走動並啼叫。即使羅利許多年沒住在這裡，他帶著深刻的熟悉感四處繞，那種感覺只可能來自童年。他自在出入各個房間，曉得牆上所有的畫和每樣物品收在哪裡。在客房，他發現一只裝滿舊相片的鞋盒，翻出他五歲生日派對的照片給我看，男孩全打扮成海盜，拉著他爸爸幫他們造的木船，後來放在庭院裡好多年。他爸爸端咖啡和水果給我們，某種像堅果的綠色水果，有著卡士達奶醬的濃密口感，他們聊起這棟老房子、羅利的兄弟姊妹和他爸爸的作品。等一下呢，他爸爸說，他要帶我們去機庫，看看他偶爾駕駛的輕航機，如果我們有興趣、天氣又沒變壞，趁我們在的時候可以跟他一起飛上天。

我們隔天早起，到山上某個羅利曉得的地方健行，他說我們可以在那裡游泳。即使那麼早，陽光已然熱辣，可是羅利說等我們走到山徑就沒事，那裡有樹木遮蔽。我說昨晚我夢見隕石坑湖，他變回青少年，我是他當時的女朋友。我說我們一起輕輕鬆鬆往外游，不過抵達中點時，我停下來說不行了，我沒辦法繼續游。我記得腳下深不見底的感覺，他告訴過我，所以我只能這麼認為，想像如果自己現在停下來將不斷下沉，沒人知道要歷經多久。但在夢裡，羅利說不行，繼續往前游，然後我們一直游，等到抵達對岸，天色已入夜。

當我們走到小徑，我發現羅利是對的：樹木在頭頂形成濃密樹冠，林蔭厚實茂密。山徑非常陡，羅利走在前面。我記得跟隨他開闊、自信的步伐，踏著樹根和岩石往上爬。他攀過這條山徑，還有其他條，反覆多次，對路況熟悉到不需要思考。另一方面，這整片地域對我來說既美麗又極其陌生。稍過片刻，我聽見河流的聲音在附近，儘管起初沒辦法穿透樹林看見流水，水聲好比歌聲般撫慰人心。有一刻，羅利停下來指向樹木之間，一張網結在小徑正中央，靠近中心點有隻巨大的圓網蜘蛛。我們默默閃過它。終於我看得見河流在我們身側，不久後，羅利帶路到可以游泳的河畔。在那裡，河水涼爽、色深而清澈。我站在砂礫上，看見一群小魚聚在淺灘。河對岸，大片峭壁斜斜聳立，灰色石嶺懸逼水面，充滿深暗開口與裂縫，在某些地方崩露出幾近粉紅的色澤。岩石吃水處黑黑綠綠，有礦物的風貌。羅利打開後背包遞給我水果，想必是當天早上從他爸爸的果樹摘取。我們吃早餐，然後脫掉衣服游泳。

那天稍晚，羅利的爸爸帶我們去他的工作室，藏身在以木材和鐵皮浪板搭建的大棚屋。周圍全是工具、設備、塑膠片，還有一張矮桌，離地很近，你可以就著吃東西或閱讀。他爸爸指著正在製作的某些作品：一位朋友的塑像，他嘗試雕刻對方的臉孔好幾年，沒能滿意，最後終於做對了。另一尊是抽象的女體，同時表現出沉重與輕盈，材質是青銅。不知道為什麼，我覺得那尊男性臉孔既明確又無形，彷彿他只雕刻最精簡的分量去召喚某些事物。眼睛的位置罩在陰影中，這麼一來可能是睜開或閉起，雙唇堅定且下垂。我注意到羅利的爸爸對每個人說話皆輕巧溫和，跟羅利很像。先前，他指給我們看從石頭裂縫長出的野蘭花，我發現他和羅利一樣，擁有辨識世間微小細節的能力，或者看得見其他人可能錯失的事物。我猜想，這是他不知不覺、或自然而然做到的事，並未意識到後來會重現在他製作的雕塑，或是他所說的話。但話說回來，也許他確實知道，並加以磨練，如同人們培育新的植栽。

我開啟羅利在客房找到的鞋盒，把裡面的東西往床上倒。有更多相片，一張是小時候的羅利和兄弟姊妹，全都走在黃昏時分的泥巴路，那裡的地景看起來剛被夷平且空蕩，羅利的媽媽把他或他妹妹抱在懷裡，依稀可見蒼白的月亮在頭頂。有我不認識的人寄來的明信片，剪掉身分資料頁的護照。我發現一張羅利描繪水中游魚的畫。我向他問起，他說是小學畫的，那時他約莫十一歲。我說我不相信，對十一歲小孩來說畫得太好了，他提醒我他媽媽是畫家，掛在牆上那些是她的畫作。

羅利花了一下午幫他爸的工作室安裝新窗戶，仔細測量並回頭裁木料，好讓成品密合，我待在露台讀書並看他做事。他爸爸簡單煮了綠咖哩當晚餐，我們在外面吃飯，剝蝦殼時頭頂的天空變成藍紫色，桌子的木頭隨年月泛出銀光。我們吃飯時，羅利和爸爸隨興聊天。他們說的故事關於安然度過龍捲風，一起橫越國土旅行，很久以前小孩子招惹的意外和惡作劇。我能感覺，這些故事已說過許多遍，由全家人傳頌與形塑，隨著每次講述打磨精鍊。我聆聽時，也想起羅利的畫和他爸爸的雕塑，它們何以在某些層面生動活現。先前，我向羅利的爸爸稍稍問起他的作品，他介紹製作過程，削減或疊加的方法，他怎麼選擇用木材或石頭製作，考量它們的特性，或他有時是如何打造模具，鑄成金屬或青銅。我想過要追問，探究得更深入，卻不知怎麼想不出如何表達我想知道的事，於是放任那瞬間流逝。羅利和我讀書到深夜，我終於安睡時，察覺羅利停下閱讀看著我，彷彿他有辦法毫無保留徹底看透我。

我醒得早，趁著晨光出發。山間有霧，我也留意到細雨正飄落。我拿出防水罩套住背包，還有雨衣。再一次，我遇見零零落落幾個人。沿途中我一直走在公路邊緣，駛過的車輛顯得徐緩謹慎，彷彿我是他們不願驚擾的動物。迎面空氣涼爽溼潤，我步行穿越有著小庭院和房舍的寧靜村莊，人們拔起蔬菜，擱在門邊籃子裡風乾。我路過空蕩的火車月台、橋樑，水庫的水從看不見的源頭奔洩而下，流動時深沉冰涼，白沫強勁打上石頭。食糧和水使我的行囊沉重，包括前一天在雜貨店買到的兩大顆紅蘋果。周圍是鄉間道路和農地，我經過一間柴房，木頭堆疊得緊密整齊。前方，有些鮮豔的水果長在樹上，走近一看是柿子。有些結實新鮮，有的落成地上一灘甜泥。我尋遍樹梢找幾顆熟柿子，摘下來邊走邊吃。我又想起羅利，猜想他對眼前的景致有什麼看法，對這條小路，他會怎麼談論與觀察。獨處時，我自己的思緒難有進展。他在一封電子郵件提過，等我回去，我們就能著手釘製掛在我書房的木架。我可以往架上吊盆栽，好讓房裡自成一小片叢林天地。

沒多久，我離開公路踏入步道。在某些地方，小徑宛如廊道，兩旁樹木環繞，高聳如有靈，彷彿跟隨我聽不見的聲音包圍擺盪。泥土聞起來冰涼濃郁，像在井底，小徑陡峭蜿蜒向上，時而溼漉泥濘。我路過一條河和兩道小瀑布，流水聲跟雨聲幾乎無從分別。往岩石傾湧的水光亮晶白，宛如鹽粒。我腦中什麼事什麼人也沒想。在我腳邊的石頭上有隻小青蛙，顏色跟秋天的葉子一樣。步道不斷曲折穿越間雜的村莊和山嶺，我隱身又走出森林，像是書中的人物。在高高坐落山丘頂的一棟屋前，有隻中型狗，毛色介於狐狸和郊狼，尾巴往前彎，看著我走過去。我想起媽媽，以及在未來的某一天，我會跟姊姊結伴前往她家，我沒去過的那間平房，僅有的任務是整理一輩子的所有物，收拾乾淨。我想著會在那裡發現的所有物品——諸如首飾、相簿和信柬等私人物件，也包括周到且有秩序人生的痕跡：帳單和收據、電話號碼、一本通訊錄、洗衣機和烘衣機的使用手冊。浴室有她用過的香水和乳霜玻璃瓶罐，她不喜歡讓旁人看見的日常儀式跡象。我知道，像姊姊這麼有條理的人會提議把物品分類堆放：要保留的東西，捐贈的東西，當垃圾丟棄的東西。我沒意見可是到頭來，我知道我什麼也不願留，無論是出於過多或過少感傷，我不清楚。

下午某個時刻，我停在有遮蔭的地方吃東西泡茶。我展開迷你爐台，瓦斯罐有救護車的紅，點燃爐心，放上一只薄鋁壺。接著我扭開其中一個水瓶蓋，注滿鋁壺。看見蒸汽噴升感到有些難以置信，水滾翻騰，在持續滴落的雨中。走路的時候，運動讓我保持溫暖，但現在我意識到自己的頭髮有點溼，套頭毛衣也是。來之前我在一間二手店買了雨衣，沒真的預料會下什麼雨。現在我明白，這件外套比較接近風衣，輕薄得容許雨水穿透，另外我發現肩膀的地方稍微裂開。我判斷情況不怎麼嚴重。我確定現在雨勢比較小，而且不管怎樣我都無能為力。我配茶吃下兩粒飯糰，很好吃，突然覺得餓起來。我吃掉餅乾和一顆蘋果。起身前行時，我試著調整後背包的帶子，好讓接縫的裂口不繼續撐開。

去看羅利爸爸那趟快結束時，我們往回開向隕石坑湖，租獨木舟推進水中。我記得那天沒有風，水面像玻璃。彗星撞出深邃的洞，樹木湊在水邊生長，湖泊深度驟然陡降，於是整座湖顯得完全封閉，模樣神祕且近似人工打造。那裡一樣開始下雨，輕輕柔柔。我跟隨羅利的獨木舟尾，船尾流呈和緩的V字型擴散，宛如路標。我又想到沒人曉得這座湖究竟有多深，我沒辦法停下來不去想。湖水平靜異常，雨讓對岸顯得迷濛，很難真正測知距離，我們握槳划呀划，什麼都漂浮著，像在一場夢裡。

羅利告訴我，有次他跟哥哥規劃一趟獨木舟旅程，不在這裡，而是沿著另一條更寬闊的河流。那趟行程預計歷經數日，他們謹慎打包所有的糧食和設備，把重量平均分配到每艘獨木舟。羅利說在途中的某個地方，他們遇到第一段激流並順利通過。他說他依然記得那種感覺，身體放鬆回應，思緒飛快以至於看似完全沒在想，但每個入水角度、每次下墜都做得正確無比。

當他還沉浸在那種感覺，突然間翻船——他仍然不曉得原因，但或許那裡有第二段激流，而他陷入神遊，沒能提防。他說他記得自己翻覆，河水奔湧在他的身體、他的臉、他的頭周圍，心情卻出奇鎮靜，只想著他應該等待，等著迎接接下來發生的事。隨後，同樣在一瞬間，他再度轉回直立，哥哥在他身旁。基於某些緣故，羅利說，在他設法咳水喘氣並恢復正常呼吸後，他跟哥哥都沒有承認那一刻，反而靜靜前進，在剩下的旅程對此決口不提，即使他浮上水面時見過哥哥臉上的表情。我揣測或許是因為那件事太實際，太可怕，但羅利反對，他覺得可能恰好相反：他們倆都曉得沒有差別，他們都想繼續前進，除了往前划別無選擇。他們還有別的激流必須通過，剛剛發生的事不會改變這一點。我記得當時想起羅利的畫，還有他爸爸雕塑的友人肖像，對我來說幾乎像兜了一圈回到原點。他爸爸的雕塑有某些特質讓我想起瀑布下的峭壁，或是隕石撞出的形狀，幾乎像是完全未經雙手加工。相反的，那更接近你或許曾近距離觀看的岩石：單純由風、雨或時間形塑，雕像的平角和陰影以難以言喻的方式呈現一張臉，因此更顯出奇與美麗，既是一樁意外，也是一種象徵。

有天我問過羅利的爸爸，會不會介意我再去參觀他的工作室。印象中我問的方式跟姊姊的小孩偶爾索討事物一樣：若無其事，但很明顯根本整天想著這個要求。我把書擱在桌上，獨自前往木棚屋。那時剛過中午，光線明亮，我記得走路時用手遮著臉。門上有一把生鏽的大金屬門，不過沒上鎖，於是我拉開門子。走進棚屋裡，聞起來像剛裁切的木頭。光束穿透汙濁的窗戶照進來，塵埃在其間翻飛，宛如契訶夫有篇小說曾描寫從剛收割麥穗打下麥粒的空氣。我走到塑像前，不知為何覺得彷彿闖進我不該在的空間，如果要得到最終想望的事物，我必須動作快。我小心翼翼掀開塑膠布，站著看那男子的頭像。我的身高夠矮，所以我的臉幾乎跟他一樣高，我的鼻子對著他的鼻子，我的眼睛對著他的眼睛，半睜半閉的，這麼一來，我們幾乎能夠凝視對方。我細細考究這座塑像，時時懷疑會不會有人走進來，在我罷手前喊停。那天早上，我請羅利的爸爸多談談他的作品，他提起在歐洲接受的訓練，關於他是如何先擔任數學老師，後來才轉換到藝術領域。他也講到雕塑涉及的工程學，關於重量和配重，關於比例與硬化。可是談話結束時，我依然感到困惑。我真正想知道的是他怎麼做出這張臉：究竟他是怎麼賦予它人性特質，又好比說，他怎麼知道要讓凝重與費解做到精準平衡？我覺得我做過的事從未以這種狀態存在，但似乎我懂的根本不夠去提出對的問題。我也記得，在我們家的庭院，站在羅利身旁看著他把木頭放上車床，他是如此明確有把握找到適合的形狀，而我總是羨慕他那樣。

爬到山間高處，有段步道用木板鋪成，粗厚的老木頭，像鐵軌枕木。山上可能下過幾天雨，木板顯得泛綠滑溜，彷彿被薄薄一層水藻包覆。幾個地方的木板不見蹤影，顯露地面就在底下一公尺左右。我慢慢往上走，小心避免踩滑跌倒。有茂密的蕨類，短短一截發黑樹墩，遠處的霧濃到綠景幾乎蒙上淡紫。我在幾個點停下來休息，看看風景。隔著雨幕的地景，看起來神似我們在某棟老屋看過的網印畫，由幾組網版印製，不過藝術家只以最低限度動用畫筆，在紙上畫了寥寥幾筆深思熟慮的線條。有些強勁且明確，其餘暈染褪色，營造蒸汽的印象。即使如此，當你凝望，你看見某些事物：山嶺，淡隱，形體與色彩永恆往下墜落。

昨晚我在滑手機，看我們待在東京拍的一些照片。在展間和庭園的畫面，以及在美術館拍下的瓷器之間，我偶然發現一段我在澀谷十字路口的二十二秒影片。人群從四面八方往前擠，廣告在空中的巨型螢幕播放。燈號快變了，從麥克風我聽見媽媽的聲音叫我等等，停在那裡笑一下。有天晚上，我沖澡出來發現她坐在自己床上，東西反常亂成一團。她神色驚慌看著我，說她的護照丟了。我問她確定嗎，她說檢查過所有地方，行李全翻遍兩次，就是找不到。再沒幾天我們人要在京都，然後登機飛回家。我要她回想看看，特別是上次用到護照的時候。我說我們還有一天在東京，可以打去一些地方問，沿原路折返。如果找不到，我說我們必須去領事館或大使館。我試著召喚我們需要用到的日語措辭，可是腦海一片空白。隔天我們什麼地方都去了：上野、日比谷、青山和六本木。雨水讓街道溼漉光滑。我不斷掃視地面，看會不會像找回遺失耳環般意外發現護照。最後我們回到旅館，累得氣力放盡。不久後，她倒抽一口氣，接著轉身面向我，臉上突然顯得放鬆，從行李箱的隱密夾層抽出護照。

我回想我們去過的所有地方，她似乎在一間小店最快樂，縱橫的地下通道連接地鐵站，我們在一條通道旁發現賣手套和襪子的那種店，樣樣大量製作讓價格容易負擔，還另外給折扣。店裡很擁擠，許多人仔細端詳貨架。媽媽在那裡逛將近四十分鐘，看遍各區域，選購給大家的禮物。她確保選擇得非常體貼周到，盡心挑出最適合每個人的品項，也買兩雙顏色亮麗的手套給姊姊的小孩，還有一雙給我。每次我問她去日本想看什麼，她通常回答看什麼都開心。有個問題她只提過一次，她沒看過雪，想知道日本冬天會不會冷到下雪。

在山上，我知道自己待的時間太久。天色漸暗，什麼都匆匆往地上流。儘管如此，即使在精疲力竭之中，我也有種甜美的感受。我想到羅利，以及我們許多次聊起小孩。我的老師對我們說過，父母親是孩子的命中注定，不僅僅從悲劇的角度，而在其他許多較小、沒那麼有影響力的層面也是如此。我知道如果我有女兒，她的生活在某種程度上受到我的生活方式決定，她的回憶會是我的回憶，在這方面她別無選擇。我們還小的時候，媽媽常讀一本日本寓言故事給我們聽，內容跟她自己的童年記憶毫無關連。有個故事是關於一座山，山頂有雲環繞，像戴著項鍊，她美麗極了，群山之中最雄偉的大山也愛上她。可是雲朵山並未回應大山的愛，反而苦苦思念低處一座比較小、比較平坦的山。大山震驚不已，因此發怒，噴發成一座火山，連日以煙塵、黑暗和痛苦遮蔽天空。基於某些緣故，我記得這則故事使我深深感動，美麗的雲朵山對溫和小山的愛，火山的痛苦，對那個年紀的我來說，彷彿他們的激烈感情比人類的更真實。即使步行時試圖回想，我記不起書中的其他故事，除了有篇提到年輕女子死在雪中。

傍晚的天色變成深藍，氣溫開始涼下來。我覺得離一切愈來愈遠。路邊的蕨類植物幾乎成為陰影。我知道我應該加快腳步，我應該努力嘗試，超越將臨的夜晚，可是，就像我們划獨木舟渡湖那天，我似乎沒辦法湧現真正的急迫感。我反而慢慢閒晃，感覺幾乎像個迷失的人，盤算從現在站的地方直接躺下來睡覺。我路過一座老橋樑，停下來過橋並看著流水，雨勢使水面上漲且流速加快，往下游傾瀉。終於，我望見遠處的火車站，由黯淡的橘黃燈光照亮，穿透宛如迷霧的湛藍夜色現身。末班車四十分鐘後進站。我拉長外套的袖子蓋住雙手，手臂環抱身體，坐在長椅等待。後來，我起身到販賣機買一瓶清酒。入口清澈冰涼，起初嘗到酒味和某種隱約的甜味，隨後揮發如無物。過陣子我不再覺得冷，只是累壞了。我浮現一個氣力放盡的模糊念頭，無法事事明瞭或許沒關係，只要可以單純去看，並保有它們。

回到旅宿，媽媽不在我們的房間。我詢問櫃檯，那裡的男人說沒見過她。他甚至過分到說這間房只預定單人的住宿，也就是我，而不是兩個人。不知道為什麼，這句話惹惱我，我察覺自己回話的語氣裡冒火。旅宿非常小，我們兩個人都在前天登記入住，他怎麼可能不記得旅客的人數？我回我們的房間等。稍早在入口處脫鞋時，我發覺鞋子溼透並沾滿泥巴，襪子也溼了。我知道我該洗個澡，換上乾衣服，但我覺得累。過沒多久，我走出去站在街上，先往一個方向看，再看另一邊。店鋪和汽車的燈光顯得無來由乍現，像一列火車緩緩逼近。等到媽媽終於出現，她原本也可能是幽魂。她把羽絨外套的拉鍊拉到下巴行走，在夜晚的冷空氣裡，她呼出的氣息形成一小團雲霧，宛如分離的微小靈魂。她腳步緩慢走向我，臉上沒有明顯認得的表情，彷彿我是她不想遇見的鬼。她手裡拿著超市的白色袋子，我聞得到米飯，還有熱咖哩。認出我的時候，她的臉熱情綻放。妳在這裡啊，她說，好似我們沒見到彼此僅僅幾分鐘，好似在歡迎我回她家。進來吃東西，她說。

那天晚上我很累，幾乎站著也能睡。媽媽倒出咖哩和飯，我們一起吃。我沖澡時，她攤開墊子鋪床，並在我回房後給我一雙厚羊毛襪。襪子又大、又新又紅通通，不知道為什麼逗得我大笑。外面的風猛吹得窗戶玻璃嘎嘎響。我們都能聽見劇烈、響亮的雨聲時強時弱。我查看手機，發現新聞說有颱風襲往東京，並在耳邊有風雨聲中入睡。

隔天我醒來感冒了，頭重重的，可是我們必須退房搭火車去京都，那是我們飛回家前的最後一站。路途中，我突然渴望一種童年的味道：有點青草味，甜甜苦苦，像八角，有著海苔顏色的深色植物根，我能在想像中嘗到那種味道，可是，就像許多事物，我再也說不出名字。在火車上，媽媽遞她的手機給我，我念出我們星座的愛情、警示、金錢和運勢預言，全部發生在同一個月。食物和飲料推車經過，我買了兩盒綠茶冰淇淋，即使現在吃可能有點太冷，並拿一盒給媽媽。味道是舒服的苦，冰淇淋裝在軟紙杯裡，加上小小的扁木匙，讓我想起一模一樣的紙杯冰淇淋，小時候媽媽常買給姊姊和我，在她購物時讓我們坐在遊樂場吃。我記得我們多麼期待每星期的冰淇淋，那天到來時我們又有多興奮，彷彿吃冰是唯一的關注，根本沒想到媽媽必須付出的千辛萬苦。我記得羅利和我有次拿我的節儉說笑，因為我吃光每一餐的剩菜，就算不餓，我就是無法忍受看見任何食物倒掉。當時我也應聲附和，但我沒提這是她的節儉，不是我的，我是有樣學樣。我曉得她保存我們收下帶回家的所有票券、簡介和指南手冊，彷彿她之後要拿出來當小說讀。我的外甥和甥女拆禮物時，我也曉得她會在險遭丟棄前收起包裝紙，保留起來，以後包其他禮物可以再用。

我們眺望窗外，地景呈連片的白色灰色和紅色飛逝。在某個地方，軌道往海岸線延伸，我們沿海行駛，風雨過後是無垠藍白色大海。媽媽看著我微笑，好像只要我們彼此陪伴她就很快樂，而且不需要交談。看起來，過去十幾天我們沒向對方說過什麼重要的話。這趟旅行即將結束，我想做到的並沒有實現。我想過要學日語，使用這種語言時我仍覺得自己極其幼稚，只有能力請求最簡單的事。儘管如此，我堅持要說，因為我夢想有天能說得更多。我想起自己能以長串句子交談的情況，就像跟書店的女生那一次，感覺多好啊，多麼興高采烈。我想有更多那樣的片刻，感覺流利嫻熟貫穿體內，去結識某個人也讓他們認識我。我也想到媽媽的母語是廣東話，我的則是英語，我們在一起時怎麼只曾說一種，而不說另一種。

關於媽媽的故事——包含她說過與沒說過的大伯人生，或她置身新國度的最初日子——並非她隱瞞這些事，或刻意改動。舉例來說，我曉得她哥哥的心疾，或她初次搭上國際航班的事，還有她爸媽出生村莊的名稱，同樣離香港很遙遠。但除此之外，幾乎一片空白。她說過，她爸媽不太談自己的童年，再加上距離的緣故，所以往往言盡於村子的名稱。我想起在飛機上看的電影，故事關於一位科學家發現穿越時間旅行的祕密，於是跳躍到未來，對她來說那裡的一切事物顯得陌生且難以辨認，包括她自己的生活。我記得把目光從播電影的螢幕移往機窗，底下是萬千小鎮的燈火發光，宛如遙遠的移居地。可能啊，我心想，對媽媽來說，姊姊和我成長的方式必定顯得同樣陌生。很可能，隨著時間過去，她發現愈來愈難憶起過去，尤其又沒人跟她一起回想。可能這樣比較簡單，於是過了一陣子，新的方式成為她的日常，另一件她漸漸習慣的事，好比早餐吃穀片，或穿鞋踩進別人家，或是不怎麼用母語跟別人說話。

在京都，感覺太陽是數週以來初次露面，我們本著潛意識轉頭面向陽光。颱風過後只留下強勁沉重的風。隔天早晨，我們搭火車去竹林，竹子密集高聳，天空幾近綠松石的藍。步道短短的，擠滿了人。在我們周圍，人們擺出空手道手刀攻擊的姿勢拍照，也有人穿和服搭乘人力車，看起來期望體驗他們以為人們曾有的生活，而那時空從未真正存在過。後來，我們參觀幾處神社和庭園，我詫異看見媽媽曉得怎麼把錢投進木箱，搖響掛鈴，合上手掌並禱告。

後來我們走在祇園的街道，迎風縮成一團，在木門和店面前拍照，也到著名寺院旁的餐廳暫歇吃天婦羅。偶然間，我發現一家巷弄裡的服飾店，並招手喚媽媽進去。屋頂出奇挑高，像是舊穀倉，聞到細微的雪松氣味。衣服展示於金屬層架或單獨的衣架，許多件吊掛在天花板垂下的金屬細線，於是當你觸碰衣服就會輕輕擺盪。料子多半是黑色，染得深深墨黑，讓我想起曾經讀到的一種顏料，採用的畫家跟幾位科學家合作，據說像絕緣體般幾乎能吸收所有的光。可是當你開始細看，這些衣服完全不與外界絕緣，反而充滿剪裁和摺線和垂墜，讓人有時難以判斷該怎麼穿上。又或許，我心想，穿這些衣著並沒有正確方式，而是可以隨意拉繞，讓樣貌每次都稍有不同。在展間中央，有一列展示飾品的櫃子。物件巧緻且骨感，看起來像纖細斷樹枝的鑄件，或是沙漠植物的翻模。這些飾品並非黑色，透著高嶺土的白。靠近店鋪後方的角落裡，我發現一套悉心剪裁的黑外套和長褲，料子是柔軟的羊毛，我拿下來給媽媽看並鼓勵她試穿。當她走出來站到鏡子前，我注意到套裝的剪裁不像我想的那樣不成形狀，而是顯得胸肋處縮窄，臀部和大腿稍稍開展，褲子又寬又鬆，像法國的褲裙。效果是細密結構過的形狀，非常像韓服的飽滿輪廓。我告訴媽媽穿在她身上很好看，實際上也是如此。身穿那套衣服的她可能是一個完全不同的人，無法被命名，也沒有歸屬地。

我們在那裡的最後一個早上，我帶她去稻荷大社的鳥居。天氣又顯得涼爽陰暗，我們穿上羽絨外套，穿越攤販和神社形成的小村，一路往山上去。雨下了整晚，路徑潮溼泥濘，我要她小心，注意腳步。我想到她有一次對我說，我的曾祖父原本是位詩人，以及從那一代到我們的世代間失落的一切。

我們走著走著，她問起我的工作，在那趟旅途第一次問起。我起初沒回答，接著我說，從許多古老畫作，人們可以發現稱為pentimento（悔改）的痕跡，是畫家選擇重畫蓋掉的較早一層事物。有時這些痕跡小至一個物品或顏色經過更動，但其他時候，變動可能有一整個人、一隻動物或者一道門那麼明顯。我說這麼看來，寫作恰似繪畫。只有用這種方式，人可以回去改變過往，讓事情不再是原本那樣，而成為我們希望的曾經，或我們寧願相信的過往。我說基於這個原因，最好她別信任讀到的任何東西。

我們愈往山上爬，就離身後的人群愈遠。門欄遮覆小徑，我們從底下穿越，有些是鮮紅色，有的呈現淡褪的橘，基座全漆成黑色。我想媽媽可能會累，但她步速不曾更改踏上階梯，彷彿下定決心，或甚至在生氣。她很快就超前我一段距離。我停下來休息，雙腿從昨天痛到現在，頭感覺沉重。在我們眼前，鳥居漸成弧線排列，彎曲個十五度或十度，於是你無法完全看見前方的路，也看不穿身後。

最後，我們在林木茂密的斜坡穿出來，地上長滿灰撲撲的蕨類植物和雪松。我看見媽媽站在一塊大石頭旁。我走向她，拿出相機調整設定。我對她描述去年看過的系列攝影，我說在這裡，鳥居獲得保存，成為熱門的觀光景點，可是換作其他地方，許多更古老的小型鳥居受損或遭到棄置。在那系列裡，我記得有張照片是雅緻的鳥居構築遺落於一片熱帶森林，另一張的鳥居曾經倚著公園長椅，如今移置一旁等待回收。接著我牽起她的手，用另一隻手按下快門。稍後回頭細看這張照片，我發現我們都沒怎麼準備好面對鏡頭：神情疲憊驚訝，在某種程度上非常相像。

媽媽往上走進山頂的其中一間小店，我們點了綠茶和一些東西吃。她買了一枚小護身符，一只白狐狸，還有兩張明信片。我發覺她在這裡買的所有東西都是給別人的禮物。茶又燙又好喝，食物是包蜜豆餡的小圓餅。我們在長椅找好位子，面朝景致眺望，看著其他遊客顯得累或倦穿越最後一道門，或爬上岩石拍攝自己襯著底下山谷的照片。

必須動身去機場前，我們有一點點空閒時間，所以去了一間寺院改建的店。我們再度分頭走，這成為我們的習慣。我幫羅利買一條藍色圍巾，再花光最後的日幣買些厚便條紙給自己。結完帳後我轉頭找媽媽，但走遍每一區都沒看見她。過了幾分鐘，我發現她在入口處等我，坐在長凳上看著，似乎她從頭到尾都待在那裡——說不定真是如此。門構成的框裡頭，室外成了她的背景，人好似雕像端坐，雙手安然交疊在大腿，膝蓋和雙腳靠攏，這麼一來她的身體無處不相連，可以由單單一顆石頭刻成。她也擁有雕塑品的質地，深深呼吸，彷彿終於滿足。我穿上外套，走向剛進門人群圍繞的她。當我走近，她看見我並用手比了比。妳可以幫我嗎？她說著，我看出她沒辦法彎得夠低碰到鞋。我蹲跪下來，敏捷一拉，幫她把鞋子套上。

謝辭

感謝 Ivor Indyk、Nick Tapper、Jacques Testard、Barbara Epler、Tynan Kogane、Clare Forster、Ian See、Emily Kiddell、Nicola Williams、Emily Fiske、Louise Swinn。

謝謝心愛的 Celia、Oliver、Erin、Fi、Pip。

藍小說 342

下雪時節

Cold Enough For Snow

作者—潔西卡．奧歐（Jessica Au）
譯者—楊芩雯
執行主編—羅珊珊
校對—楊芩雯　羅珊珊
美術設計—蕭旭芳
行銷企劃—林昱豪

總編輯—胡金倫
董事長—趙政岷
出版者—時報文化出版企業股份有限公司
一〇八〇一九臺北市萬華區和平西路三段二四〇號
發行專線—（〇二）二三〇六—六八四二
讀者服務專線—〇八〇〇—二三一—七〇五．（〇二）二三〇四—七一〇三
讀者服務傳真—（〇二）二三〇四—六八五八
郵撥—一九三四四七二四時報文化出版公司
信箱—10899臺北華江橋郵局第九九信箱
時報悅讀網—http://www.readingtimes.com.tw
思潮線臉書—https://www.facebook.com/trendage/
法律顧問—理律法律事務所　陳長文律師、李念祖律師
印刷—家佑印刷有限公司
初版一刷—二〇二三年四月二十一日
定價—新臺幣三六〇元
（缺頁或破損的書，請寄回更換）

時報文化出版公司成立於一九七五年，
一九九九年股票上櫃公開發行，二〇〇八年脫離中時集團非屬旺中，
以「尊重智慧與創意的文化事業」為信念。

下雪時節／潔西卡．奧歐（Jessica Au）著；楊芩雯譯.
-- 初版. --臺北市：時報文化出版企業股份有限公司, 2023.4
面；13x19公分. --（藍小說；342）
譯自：Cold Enough For Snow
ISBN 978-626-353-684-5　（平裝）
887.157　112004213

Translated from: Cold Enough for Snow

First Published by the Giramondo Publishing Company, Fitzcarraldo Editions, and New Directions Publishing.

ISBN 978-626-353-684-5
Printed in Taiwan